कैलास में गोलमाल

कैलास में गोलमाल

सत्यजित राय

बांग्ला से अनुवाद
नरेन्द्र राय

रेमाधव पब्लिकेशन्स

ISBN : 978-81-89850-69-2

कैलास में गोलमाल (उपन्यास)

पहला संस्करण : 2006

दूसरा संस्करण : 2023

मूल्य : ₹ 495

प्रकाशक

रेमाधव पब्लिकेशन्स प्रा. लि.

जी-17, जगतपुरी, दिल्ली-110 051

शाखाएँ : अशोक राजपथ, साइंस कॉलेज के सामने, पटना-800 006

पहली मंजिल, दरबारी बिल्डिंग, महात्मा गांधी मार्ग, प्रयागराज-211 001

वेबसाइट : www.remadhav.com

ई-मेल : contact@remadhav.com

मुद्रक

बी.के. ऑफ़सेट

नवीन शाहदरा, दिल्ली-110 032

KAILAS MEIN GOLMAAL

Novel by Satyajit Ray

Translated by Narender Ray

कैलास में गोलमाल

1

जून के महीने का मध्य। स्कूल फाइनल की परीक्षा देकर बैठा हूँ। कब परिणाम घोषित होंगे, क्या पता। आज सिनेमा देखने जाना तय था। पर ठीक दो बजने में जब दस मिनट बाकी थे, ऐसी ताबड़तोड़ बारिश शुरू हुई कि सारी उम्मीद पर पानी फिर गया। तबसे अपनी टिनटिन की नई किताब लिए बैठकखाने की चौकी पर मशगूल हूँ। टुनटुनी की किताब नहीं, टिनटिन की किताब। 'टिनटिन इन तिब्बत'।

यह हैरतअंगेज कॉमिक्स बेल्जियम से फ्रान्सीसी भाषा में प्रकाशित हुई। तत्पश्चात धरती की तमाम अन्य भाषाओं में इसका अनुवाद हुआ। हमारे यहाँ इसका अँग्रेजी संस्करण आता है। मेरे और फेलूदा के अनुसार रहस्य, रोमांच, सस्पेंस तथा हास्य से भरा इससे बेहतर कॉमिक और कोई नहीं। इससे पहले मैंने तीन और खरीदे हैं। यह नया है, पहले इसे मैं पढ़ूँगा, फिर फेलूदा। वे अभी सोफे पर लेटकर 'द चैरियट ऑफ द गॉड्स' नामक एक किताब पढ़ रहे हैं। पढ़ रहे हैं, मतलब थोड़ी देर पहले तक पढ़ रहे थे। अब उसे खत्म कर छाती पर रखे, छत से लटके पंखे की ओर टकटकी बाँधे हुए हैं। कुछ पल यूँ ही टकटकी बाँधे हुए बोल उठे—"गीजा के पिरामिड में पत्थरों के कितने चौकोर खंड हैं जानते हो? दो लाख।"

ठीक है। जान लिया। पर फेलूदा को अचानक पिरामिड की क्या पड़ी, नहीं समझ सका। फेलूदा कहते गए, "इन एक-एक खंड का वजन तकरीबन पन्द्रह टन। उस जमाने की तकनीकी जानकारी के अन्दाज से, मिस्त्रवासियों के लिए दिन-भर में, बाकायदे पॉलिश वगैरह करके सटीक जगह में बारीकी से दस पत्थरों से ज्यादा बैठा पाना सम्भव ही नहीं था। अलावा इसके कि जहाँ ये पिरामिड खड़े हैं उसकी चौहद्दी के दूर-दूर तक ये पत्थर उपलब्ध नहीं थे। पत्थर लाए जाते थे नील नदी के उस पार से नावों पर लादकर। अगर सामान्य बुद्धि से हिसाब लगाएँ तो नतीजा क्या निकलता है जानते हो? उस एक पिरामिड को खड़ा करने में समय लगा होगा, कम-से-कम छह सौ साल।"

सोचने की बात तो थी। मैंने कहा, "ये सब क्या उस किताब में लिखा है?"

"सिर्फ यही नहीं। प्राचीन काल की और अनेक आश्चर्यजनक उपलब्धियों की बातें इसमें हैं जिनके बारे में पुरातत्वशास्त्री कुछ भी

नहीं कहते, या कहने की कोशिश भी नहीं करते। हमारे देश में ही देखो, दिल्ली में कुतुबमीनार के पास जो लौह स्तम्भ है, दो हजार वर्ष हो गए उस पर जंग क्यों नहीं लगा! ईस्टर द्वीप का नाम सुना है? दक्षिणी प्रशान्त महासागर के बीच छोटा-सा द्वीप। उस द्वीप पर जाने किस आदिकाल में कोई आकर विशालकाय पत्थरों के स्तम्भों पर मानवमुंडों की खुदाई कर उन स्तम्भों का मुख समुद्र की ओर कतारबद्ध खड़े कर गया। द्वीप के मध्य भाग में पत्थर पाए जाते हैं। तथा पत्थरों के सिर लाकर खड़े किए गए हैं वहाँ से पाँच-सात मील दूर। हर एक मुंड का वजन करीब पचास टन। आदिम जंगली लोगों ने ये किया कैसे? लॉरी, क्रेन, ट्रैक्टर, बुलडोजर—ये सब तो उस जमाने में थे नहीं!"

इस बीच फेलूदा ने एक चारमीनार सुलगाया। किताब पढ़कर जो उत्तेजना उनके भीतर दौड़ रही है, साफ जाहिर थी। उठकर सीधे बैठते हुए बोले, "पेरु में किसी जगह मीलों तक जमीन पर ज्यामितिक रेखाएँ बनी हुई हैं। उसके बारे में आदिम काल से लोग जानते हैं। हवाई जहाज से भी साफ दिखता है। पर ये रेखाएँ कब, क्यों और कैसे बनीं, कोई नहीं जानता। मामला इतना ज्यादा रहस्यमय है कि लोग उसको लेकर सोचने से भी कतराते हैं।"

"जिन्होंने ये किताब लिखी, उन्होंने सोचा होगा शायद!"

"बहुत सोचा; तथा सोचने के बाद इस निष्कर्ष पर पहुँचे, कि आज से बीस या पच्चीस हजार वर्ष पहले किसी और ग्रह से मनुष्य से भी ज्यादा बुद्धिमान प्राणी धरती पर आए तथा अपने ज्ञान का एक अदना-सा अंश मनुष्य जाति को देकर उसे उन्नति का मार्ग दिखा गए। पिरामिड वगैरह इन्हीं अतिमानवीय तकनीकों के ज्वलन्त उदाहरण हैं, जिनकी बराबरी आधुनिक मनुष्य कभी भी नहीं कर सकता। कुरुक्षेत्र की लड़ाई में जिन जानलेवा अस्त्र-शस्त्रों का उल्लेख मिलता है, उनकी आधुनिक विनाशक

आणविक अस्त्रों के साथ समानता की बात तो तुम जानते ही हो।"

"इसका मतलब कुरुक्षेत्र की लड़ाई में भी दूसरे ग्रहों के प्राणियों ने आकर..."

मामला गरमा रहा था, पर मेरी बात पूरी होने से पहले ही बाधा आ पड़ी। इस भीषण बरसात में जाने कौन हमारे दरवाजे पर आया तथा लगातार तीन बार तीव्रता से घंटी बजाई। मैंने दौड़कर जैसे ही दरवाजा खोला कि बारिश के जोरदार झपाटे के साथ हड़बड़ाते हुए कमरे में घुसे सिधू ताऊ। तथा जैसे ही उन्होंने सटाक से छतरी बन्द की वैसे ही चारों तरफ पानी के छींटे बिखर गए।

"बड़ी आफत है! जरा चाय के लिए कहना, तुम्हारी वही बेहतरीन चाय," एक साँस ही में बोल गए सिधू ताऊ। मैं तुरन्त दौड़कर अन्दर गया। श्रीनाथ को नींद से जगाया और तीन कप चाय बनाने को कहकर जैसे ही वापस कमरे में आया, तो देखा सिधू ताऊ सोफे पर पसर गए हैं तथा भृकुटि ताने मेज पर रखी चीनी मिट्टी की बनी सिगरेटदान को घूरे जा रहे हैं। फेलूदा ने कहा, "इस बरसात में आप बगैर रिक्शा लिए—"

"मानव हत्या तो अकसर होती ही रहती है; पर उससे भी भयानक कौन-सी हत्या है जानते हो?"

फेलूदा हक्का-बक्का, चुप। मैं तो शान्त था ही, तथा मैं ये भी जानता था कि प्रश्न का उत्तर अन्तत: वही देंगे जिन्होंने प्रश्न किया था। सिधू ताऊ कहने लगे—"यह तो हम सभी जानते हैं कि आज हमारा देश भाड़ में जाने को है। पर एक वक्त था जब इस मुल्क में बहुत सारी बातें ऐसी घटी थीं जिनको ले कर हम आज भी गर्व करते हैं। इनमें सबसे अधिक गर्व की बात क्या है जानते हो? वह है हमारे देश की पारम्परिक कला, जिसके नमूने हम आज भी अपने चारों तरफ देख सकते हैं। क्यों, ठीक कहा न मैंने?"

"ठीक।" फेलूदा ने आँखें बन्द किए हुए ही हामी भरी।

"तथा इन सभी कलाओं में श्रेष्ठ है, हमारे भारतवर्ष के मन्दिरों की स्थापत्यकला, इनकी दीवारों पर खुदी हुई कारीगरी। क्यों, ठीक?"

"ठीक।"

सिधू ताऊ न जानते हों ऐसा कोई विषय नहीं। तथा तमाम विषयों में उनकी सबसे ज्यादा पकड़ है कलात्मक विषयों पर। उनकी तीन आलमारी किताबों में करीब डेढ़ आलमारी किताबें सिर्फ कला से सम्बन्धित हैं। पर वो हत्या के बारे में क्या कह रहे थे ये मैं नहीं समझ पाया।

एक मद्रासी चुरुट सुलगाने के लिए उन्होंने थोड़ा विराम लिया। फिर दुनिया-भर का धुँआ कमरे में फैला, दो बार खाँसकर थोड़ी साँस ली, फिर बोले, "किसी समय काला पहाड़ ने धर्मान्तरण कर हिन्दू मन्दिरों का जो सर्वनाश किया था, तुम तो जानते ही हो। लेकिन आज, सन् उन्नीस सौ तिहत्तर में फिर से काला पहाड़ का आविर्भाव हुआ है, क्या ये जानते हो?"

"आप क्या मन्दिरों की दीवारों से मूर्तियाँ चुराने के धन्धे के बारे में कह रहे हैं?" फेलूदा ने प्रश्न किया।

"यकीनन!" सिधू ताऊ उत्तेजना से चीख उठे—"यह कितना बड़ा गुनाह है सोच सकते हो? इसमें धर्म का कुछ भी नहीं, सबकुछ सिर्फ धन्धा, कारोबार। अमीर अमेरिकन सैलानी ऐसी नायाब मूर्तियाँ हजारों की कीमत चुकाकर विदेश ले जाते हैं। पर सबकुछ इतने दबे-छुपे हो रहा है कि किसी को पकड़ पाने का कोई उपाय नहीं। और इन कलाकृतियों के हत्यारों की संख्या दिन-प्रतिदिन बढ़ती ही जा रही है, इसमें भी सन्देह नहीं। आज भुवनेश्वर के राजा-रानी मन्दिर की एक यक्षिणी का मस्तक मैंने ग्रैंड होटल में एक अमेरिकन सैलानी के पास देखा।"

"क्या कह रहे हैं आप!" फेलूदा पूरी तरह स्तम्भित। राजा-रानी भुवनेश्वर में स्थित एक विख्यात मन्दिर है, यह मैं भी जानता था। बचपन में पुरी-भुवनेश्वर घूमने गए थे, तब पिता जी ने दिखलाया था। लाल पत्थरों से निर्मित मन्दिर तथा दीवारों पर खुदी हुई सब अद्भुत मूर्तियाँ एवं रेखाएँ।

सिधू ताऊ कहते रहे—"मेरे पास कुछ पुरानी राजपूत पेंटिंग्स थीं। सन् चौंतीस में काशी से खरीदी थीं। उन्हीं को ले कर नागरमल को दिखलाने गया था, जानते हो न, ग्रैंड होटल के अन्दर ही है नागरमल की दुकान!—मेरा बहुत दिनों का परिचित ठहरा। तसवीरों को अभी खोलकर काउंटर पर रखा ही था, कि ये अमेरिकन बाबू हाजिर हुए। ऐसा लगा शायद इन्होंने पहले भी नागरमल के पास से कुछ लेन-देन किया होगा।

हाथ में एक कागज का पुलिन्दा। काफी भारी-सा कुछ प्रतीत हुआ। जैसे ही उन्होंने कागज का पुलिन्दा खोला न—क्या बताऊँ फेलू—मेरा कलेजा एक छलाँग में मुँह को आ गया। एक मूर्ति का मस्तक। लाल पत्थर से बना। अत्यन्त परिचित आकृति। फर्क सिर्फ इतना कि उस मस्तक को पहले धड़ से लगी हालत में देखा था। और अब देखा कि उसे छैनी से काट कर धड़ से अलग कर दिया गया है। मेरी तो जुबान से आवाज ही नहीं निकली। नागरमल ने उसे परखकर कहा, एकदम खालिस सामान है, नकल नहीं। उस अमेरिकन छोकरे ने कहा कि दो हजार डॉलर देकर किसी प्राइवेट डीलर से खरीदा था उसने। मैंने मन-ही-मन सोचा—अगर मेरा अनुमान सही है, तो उस राशि के दो और शून्य लगा देने पर भी शायद इस कलाकृति का उचित मूल्य नहीं लग पाता। खैर, जो हो, वह बन्दा तो अपने होटल को लौट गया। मैं खुद भी सोलह आने आश्वस्त नहीं हो पा रहा था सो जल्द-से-जल्द घर लौटा। आलमारी से जिमर की किताब निकालकर देखा—जो सोचा वही है। वह सिर बेशक राजा-रानी के धड़ से तोड़कर लाया गया है, जबकि इन सब मन्दिरों पर सरकारी पहरेदार नियुक्त हैं। जरूर रिश्वत खाया होगा। आजकल तो हर ताले की यही एक चाबी है। मैंने वैसे इसी बीच भुवनेश्वर के पुरातत्व विभाग को एक एक्सप्रेस चिट्‌ठी भेजी है। पर उससे भी क्या होगा। उस विशेष सिर को तो बचाया नहीं जा सका तथा मन्दिर का जो नुकसान होना था, सो हो ही गया।"

मुझे भी लग रहा था कि इस तरह से हमारे देश के मन्दिरों की मूर्तियाँ तोड़कर विदेशियों के हाथ बेच देना वाकई अपराध है।

श्रीनाथ चाय दे गया। सिधू ताऊ कप उठाकर चुस्की लेकर गम्भीर स्वर में बोले, "सोच रहा हूँ, कैसे इसका निदान हो। मैं तो बूढ़ा हो चला हूँ, कर भी क्या सकता हूँ। इसीलिए, समझ रहे हो न फेलू, बार-बार

तुम्हारी ही बात याद आई। तुम निजी जासूस हो। अपराधी को ढूँढ़ते फिरते हो। इससे बड़ा क्या अपराध हो सकता है, कहो! अखबारों में इस विषय पर लिखने से हो सकता है पुलिस विभाग जरा सजग हो, पर उसका भी क्या भरोसा? यह तो कोई सोना, चाँदी या हीरा-जवाहरात है नहीं कि बाजार के हिसाब से बोली लगे। कला का मूल्यांकन और बात है! यह हर कोई नहीं समझ सकता। मैंने ऐसे शिक्षित लोगों को देखा है जो जोड़बांग्ला मन्दिर को देखकर कहते हैं, इसमें ऐसी क्या खास बात है तथा कांगड़ा की तसवीरें देखकर मन्तव्य करते हैं कि उनसे हेमेन मजूमदार कहीं बेहतर हैं।"

फेलूदा इतनी देर चुपचाप सोच रहे थे। अन्ततः बोले, "उस अमेरिकन आदमी का परिचय आपने हासिल किया था?"

"किया था, यह रहा उसका कार्ड।"

सिधू ताऊ ने अपने कुर्ते की जेब से एक विजिटिंग कार्ड निकालकर फेलूदा को दिया। मैंने उठकर देखा उसमें नाम छपा था—साल्सिल्वरस्टाइन—तथा नीचे ठिकाना।

"यहूदी!" सिधु ताऊ ने कहा, "स्टाइन जहाँ लगा हो समझ लो वह यहूदी होगा। वह काफी अमीर था, इसमें कोई सन्देह नहीं। उसकी कलाई पर एक घड़ी थी, वैसी मैंने आजतक नहीं देखी। शायद उसी की कीमत लगभग हजार डॉलर तो होगी ही।"

"कितने दिन यहाँ रहेगा, कुछ कहा उसने?"

"कल सुबह काठमांडू जा रहे हैं। वैसे हो सकता है इस वक्त वह फोन पर मिल जाए शायद।"

फेलूदा उठकर टेलीफोन के पास गए और नम्बर मिलाने लगे। कोलकाता शहर के अधिकांश महत्त्वपूर्ण नम्बर उन्हें जुबानी याद हैं, होटलों के नम्बर भी हैं।

फोन करने पर पता चला मिस्टर सिल्वरस्टाइन कमरे में नहीं हैं। कब लौटेंगे, कोई ठीक नहीं। फेलूदा कुछ हताश-से होकर फोन वापस रखते हुए बोले, "जिस व्यक्ति ने मूर्ति बेची, कम-से-कम उसके चेहरे का वर्णन भी मिल पाता तो कोई रास्ता निकलता।"

"यह बात तो मुझको ही पूछनी चाहिए थी," सिधू ताऊ लम्बी साँस छोड़ते हुए बोले, "पर जाने कैसे सबकुछ गड़बड़ हो गया। भलेमानुस ने मेरी तसवीरें भी देखीं। कहने लगे तान्त्रिक शिल्प में उनकी रुचि है। अगर मेरे पास कोई सूचना हो तो उन्हें खबर करूँ। ये कहकर उन्होंने अपना एक कार्ड मुझे दिया था।...सचमुच, तुम किस तरह से इस मामले में आगे बढ़ पाओगे, यह मुझे भी नहीं सूझ रहा।"

"देखें, भुवनेश्वर से कुछ खबर मिलती है या नहीं। राजा-रानी की मूर्ति का हिस्सा कोई तोड़कर ले जाए तो हाहाकार मच जाना चाहिए।"

सिधू ताऊ एक घूँट में चाय खत्म कर उठ खड़े हुए—"करीब सालभर से इन करतूतों की खबर सुन रहा था। पर इतने दिन इन लोगों की नजरें अनजान छोटे-छोटे मन्दिरों तक ही सीमित थीं। अब लगता है इनका दुस्साहस क्रमश: बढ़ता जा रहा है। मेरा अनुमान है कि कुछ बेहद लापरवाह व ताकतवर लोग हैं इस समूचे कुचक्र के पीछे। फेलू, अगर तुम इस मामले में कुछ कर सको तो देश तुम्हें पूरी कृतज्ञता के साथ लम्बे समय तक याद रखेगा, यह मेरा दावा है।"

सिधू ताऊ के चले जाने के बाद रात ग्यारह बजे तक लगातार ग्रैंड होटल फोन करके भी फेलूदा उस अमेरिकन को नहीं पकड़ पाए। आखिरी असफल प्रयास कर चुकने के बाद गम्भीरता से बोले, "सिधू ताऊ का कहना अगर सच है—सचमुच अगर भुवनेश्वर के राजा-रानी की यक्षिणी का मस्तक उस अमेरिकन के हाथ चला गया है—तो फिर यह सारा-का-सारा मामला अन्यायपूर्ण है और जिस व्यक्ति ने इस तस्करी

को अंजाम दिया है, वह परले दर्जे का क्रिमिनल है। बहुत अफसोस हो रहा है यह सोचकर कि मेरे पास आगे बढ़ जाने को कोई रास्ता नहीं। कोई भी रास्ता नहीं।"

रास्ता एक निकल ही आया। अगले ही दिन। और वह निकला ऐसी एक दुर्घटना के जरिए, जिसके बारे में सोचते ही सिर चकराने लगता है।

2

दुर्घटना की बात बताने से पहले एक और जरूरी बात बता दूँ। सिधू ताऊ का शक सही था, वह अगली सुबह के 'आनन्द-बाजार' से पता चला। सबसे पहले मैंने ये खबर पढ़ी—

मस्तकहीन यक्षिणी

भारतीय स्थापत्यकला के श्रेष्ठतम निदर्शनों में भुवनेश्वर के राजा-रानी मन्दिर की दीवार से एक यक्षिणी की मूर्ति का मस्तक चोरी चला गया है। साथ ही मन्दिर के प्रहरी का भी कुछ

पता नहीं चल रहा। सूचना मिली है कि उड़ीसा के पुरातत्व विभाग ने इस मामले में पुलिसी तहकीकात का आयोजन किया है।

खबर पढ़कर मैंने फेलूदा से कहा, "इसका मतलब है पहरेदार ने ही मस्तक चुराया?"

फेलूदा अपने फोरहन्स के ट्यूब से करीब आध इंच पेस्ट अपने ब्रश के हवाले करते हुए बोले, "ऐसी चोरी क्या पहरेदार करेंगे? गरीब आदमी को इतना साहस कहाँ। चोरी किया है उस आदमी ने। पहरेदार को मोटी रिश्वत दी है, इसीलिए फिलहाल पहरेदार कहीं जा छुपा है।"

सिधू ताऊ ने भी यह खबर जरूर पढ़ी होगी। मेरा मन कह रहा था कि अपने शक के हकीकत में बदलने की खबर देने वे सीना तान कर आएँगे। वे आए जरूर, पर चार घंटे बाद, साढ़े दस बजे। आज गुरुवार, सुबह नौ बजे से हमारे यहाँ बिजली गायब है, उधर आसमान में बादल छाए होने की वजह से मौसम भी गुमसाया हुआ था। बैठकवाले कमरे में पसीने में तैर रहा था कि दरवाजे पर जोरदार दस्तक की आवाज आई। दरवाजा खोलते ही वही भहराते हुए अन्दर घुसना, चाय का आदेश, तत्पश्चात धड़ाम से सोफे में धँस जाना। फेलूदा ने ज्यों ही भुवनेश्वर की बात का जिक्र किया, करीब-करीब डाँटकर उनकी बात बीच में ही काट दी और बोले, "रहने दो वो सब। बेकार की बातें हैं। रेडियो पर कुछ सुना?"

"नहीं, क्यों? दरअसल आज—"

"जानता हूँ। गुरुवार। फिर भी एक ट्रांजिस्टर नहीं खरीदोगे। खैर छोड़ो...भयानक खबर है। काठमांडू जानेवाला विमान दुर्घटनाग्रस्त हो गया है। कलकत्ते के नजदीक ही। एक घंटा विलम्ब से उड़ा था। साढ़े सात बजे उड़ान भरी और पन्द्रह मिनट के भीतर ही क्रैश। तूफान में फँस गया था। शायद वापस लौटने की कोशिश भी की थी। कल सारी रात

कैसी आँधी चल रही थी सो तो जानते ही हो। अट्ठावन यात्री सवार थे, सब-के-सब मृत। अमरीकी बैंकर साल सिल्वरस्टाइन भी उनमें शामिल था, इसकी पुष्टि रेडियो ने की।"

सारी बातें सुनकर मैं और फेलूदा मुँह बाये रह गए। फेलूदा ने पूछा, "कहाँ दुर्घटनाग्रस्त हुआ विमान? जगह का नाम?"

"सिदिकपुर नामक किसी गाँव के नजदीक। हासनाबाद की तरफ। जानते हो फेलू, मैं मन-ही-मन प्रार्थना कर रहा था कि मूर्ति देश के बाहर न जा पाए। मेरी प्रार्थना इस तरह मंजूर होगी, यह मैं थोड़े ही जानता था!"

फेलूदा ने कलाई घड़ी को देखा। वे कहीं सिदिकपुर जाने की तो नहीं सोच रहे?

सिधू ताऊ भी सबकुछ से कैसे तटस्थ! बोले, "जो मैं सोच रहा हूँ, निस्सन्देह तुम भी वही सोच रहे हो। विमान जमीन पर गिरते ही धमाका होता है। यात्रियों के साथ उनका सारा सामान भी चारों तरफ बिखर जाता है, जैसा हर क्रैश में होता है। उन्हीं बिखरे सामानों के बीच अगर..."

फेलूदा ने दो मिनट में ही तय कर डाला कि जहाँ विमान दुर्घटनाग्रस्त हुआ, वहाँ जाकर यक्षिणी के मस्तक की खोज करेंगे। विमान को गिरे तीन घंटे हुए। वहाँ पहुँचने में लग जाएगा करीब डेढ़ घंटा। इस बीच जरूर विमान कम्पनी के लोग, दमकलवाले, पुलिस वगैरह सबने अपने-अपने स्तर पर छानबीन की शुरुआत कर दी होगी। हमें वहाँ जाकर क्या मिलेगा क्या पता; फिर भी जाना जरूरी है। जब सुअवसर ऐसे आश्चर्यजनक रूप से हाथ आया ही है तो उसके सदुपयोग न करने का कोई प्रश्न ही नहीं उठता।

सिधू ताऊ कहने लगे—"उन तसवीरों को बेचकर मेरे हाथ कुछ नगद पैसा आया है। उसका कुछ हिस्सा तुम्हें दे दूँगा। आखिरकार, मेरे कहने पर ही तो तुम इस मामले में अपने को उलझा रहे हो, लिहाजा..."

"सुनिए सिधू ताऊ!" फेलूदा ने उन्हें बीच में ही टोका—"प्रस्ताव निस्सन्देह आप ही की ओर से आया, लेकिन अगर मुझे खुद इस मामले में उत्साह न मिलता तो मैं कतई आगे नहीं बढ़ता। कल रात इस मामले में मैंने बहुत सोचा, और जितना सोचा उतना ही महसूस किया कि आपका कहना शत-प्रतिशत सही है। देश के मन्दिरों से मूर्तियाँ चुराकर जो लोग विदेशियों के हाथों उन्हें बेच रहे हैं, ऐसे अपराध के लिए कोई क्षमा नहीं।"

"शाबाश!" सिधू ताऊ चिल्ला उठे—"फिर भी एक बात कह रखूँ। आर्थिक न सही, दूसरी तरह के सहयोग की तुम्हें जरूरत पड़ सकती है। हो सकता है, कला के बारे में किसी जानकारी की तुम्हें जरूरत पड़ जाए। ऐसे में मेरे पास आने में संकोच मत करना। अगर सम्भव हो सके, तो तुम खुद भी कला विषयक कुछ पढ़ाई कर डालो, देखना—उत्साह और बढ़ जाएगा।"

तय हुआ कि अगर मस्तक मिल जाता है तो उसे सीधे पुरातत्व विभाग के दफ्तर में जाकर जमा कर देंगे। किसने चोरी की, अगर पता नहीं भी लग पाता, कम-से-कम चोरी के सामान का तो उद्धार हो जाएगा।

तूफानी रफ्तार से तैयारी कर हम जब एक पीली टैक्सी में सवार होकर सिदिकपुर के लिए रवाना हुए, तब वक्त हो रहा था ग्यारह बजने में पाँच मिनट कम। लौटने में देर भी हो सकती है। भोजन का भी कुछ इन्तजाम नहीं हो पाया क्योंकि हमारे यहाँ एक बजे से पहले खाना तैयार नहीं होता। सो तय हुआ कि लौटते समय यशोहर रोड पर किसी पंजाबी होटल में खा लेंगे। उस मार्ग पर लॉरियाँ चला करती हैं। लॉरी के चालक-सहायक इन्हीं होटलों में खाते हैं। रोटी, मीट, तड़का, देखते ही मुँह में पानी आ जाता है। मैंने देखा है, फेलूदा हर किस्म का खाना खाने में अभ्यस्त हैं। उनकी तरह मैं भी यह आदत डालने की कोशिश कर रहा हूँ।

कलकत्ते की भीड़ से निकलकर ज्यों ही वी.आई.पी. रोड पकड़ी त्यों ही बारिश का एक जोरदार दौर शुरू हो गया। फिर दमदम ज्यों ही हमने पार किया, बादलों को चीरकर सूरज निकल आया। हासनाबाद कलकत्ते से करीब चालीस मील दूर है। यशोहर रोड से ही जाना पड़ता है। ड्राइवर ने कहा, अगर सड़क पर फिसलन न होती तो वह एक घंटे में पहुँचा देता। "उधर एक विमान जमीन पर गिरा है, जानते हैं न साहब, रेडियो पर कहा।"

जब फेलूदा ने कहा कि हम दुर्घटनास्थल पर ही जा रहे हैं तो चालक उत्तेजित हो उठा—"आपका कोई रिश्तेदार तो नहीं था विमान में?"

"जी नहीं।"

फेलूदा सारी बातें सुनकर कहना नहीं चाह रहे थे। उधर टैक्सी चालक की जिज्ञासा दबना नहीं चाह रही थी।

"सुना, सबकुछ तो जलकर राख हो चुका है। जाकर क्या कुछ देख पाएँगे?"

"देखते हैं।"

"आप शायद कोई पत्रकार-वत्रकार हैं?"

"जी नहीं।"

"फिर?"

"यही किस्से-कहानियाँ लिखता रहता हूँ और क्या?"

"ओ...। देख-देखकर सब नोट-वोट कर बाद में किताब-विताब में लगा देंगे।"

बारासात पार कर करीब दस मील जाने के बाद से ही हम रास्ते में रुक-रुककर लोगों से सिदिकपुर जाने का सही मार्ग पूछते जा रहे थे।

आखिरकार एक बाजारनुमा जगह, जहाँ पर ढेर सारे लोगों की जमात साइकिल की एक दुकान के इर्द-गिर्द जमा थी, हमने पूछा। पूछते ही करीब सभी एक स्वर में बोल उठे—'और दो मील जाने के बाद बाईं तरफ एक कच्ची सड़क जाती है' कच्ची सड़क पर मील-भर जाते ही पड़ेगा सिदिकपुर। इन लोगों के आचरण से लगा, इससे पहले भी काफी लोगों का इसी तरह मार्गदर्शन कर चुके हैं।

कच्ची सड़क एकदम ही देहाती ठहरी। जगह-जगह पानी ठहरा हुआ, तथा कीचड़ के ऊपर तरह-तरह के टायरों के निशान। गनीमत है कि जून का महीना है, बारिश की शुरुआत हो चुकी है। एक महीना और बीता होता तो गाड़ी गुजरने का सवाल ही नहीं। सुबह वाली बारिश यहाँ भी हुई है, यह खेत-खलिहानों की सूरत से ही जाहिर हो रहा था। इस सुदूर शान्त गाँव में एक फॉकर फ्रेंडशिप जेट विमान आ गिरा है, यह बात सोचते हुए अचरज लग रहा था। इसी बीच हमारे पास से एक-के-बाद एक तीन अम्बेसडर गाड़ियाँ मुख्य सड़क की ओर चली गईं। कुछ पैदल आते-जाते लोग भी दिखे।

सामने मोड़ पर एक बरगद के पास काफी भीड़ दिखी। थोड़ी ही दूर पर कुछ गाड़ियाँ व एक जीप सड़क से नीचे खड़ी दिखी। हमारी टैक्सी उन्हीं गाड़ियों के पीछे जा खड़ी हुई। ध्वस्त विमान का कहीं कोई चिह्न नहीं पर साफ जाहिर था कि हमें यहीं उतरना होगा। दाहिने कुछ दूर पर पेड़ों का झुरमुट तथा उससे भी कुछ दूरी पर बाईं ओर दिख रहे एक गाँव के कुछ मकान। पूछने पर पता चला कि वही है सिदिकपुर। विमान दुर्घटनास्थल कहाँ पर है पूछने पर उन्होंने बताया, "वो जो पेड़ों का झुरमुट दिख रहा है, उसी के पीछे। थोड़ा और आगे जाइए, देख पाइएगा।"

हमारा टैक्सी चालक (नाम पता चला—बलराम घोष) गाड़ी में

ताला लगाकर चल पड़ा हमारे साथ दुर्घटनाग्रस्त विमान देखने। खेतों के बीच बनी पगडंडी से हम आगे बढ़ने लगे।

दूर से जो झुरमुट लग रहा था, दरअसल वो आठ-दस बड़े-बड़े आम व कटहल के पेड़ों के अलावा कुछ न था। उन्हें पार करते ही केले का एक बगीचा था और वहीं पर था घटना का केन्द्र।

जो पेड़ गंजे होकर भी खड़े हैं वे सब-के-सब झुलसकर काले पड़ गए हैं। दाहिने कुछ दूर पर एक गंजा पेड़ दिखा। फेलूदा ने कहा, "वो सेमल है।" लगा, उसकी बड़ी-बड़ी शाखाओं को तेज तलवार से काट डाला गया था तथा जो खड़ा था, वह भी जलकर खाक हो चुका था। सारे इलाके में लोग-बाग, पुलिस, हवाई अड्डे के कर्मचारी वगैरह उमड़ पड़े थे तथा इनके इर्द-गिर्द करीब सौ गज के इलाके में फॉकर फ्रेंडशिप विमान के भग्नावशेष बिखरे पड़े थे। यहाँ पंख का एक टुकड़ा, तो वहाँ पूँछ का एक अंश, तो उधर चपटी हुई नाक का कोई खंड। इसके अलावा टूटा-फूटा, फटा-चिथड़ा, मुड़ा-तुड़ा, जला-अधजला, कम जला—सब कुछ चारों तरफ बिखरा पड़ा था। एक अजीब-सी तीव्र दुर्गन्ध चारों तरफ फैली हुई थी जिसकी वजह से मुझे नाक पर रूमाल रखना पड़ा। फेलूदा ने मुख से एक विरक्तिसूचक आवाज निकालते हुए कहा, "य्अ...अगर एक घंटे पहले यहाँ पहुँच पाते!"

दरअसल, पुलिस ने उस जगह को चारों तरफ से घेर रखा था इसीलिए नजदीक जा पाने का कोई उपाय ही नहीं था।

हारकर हम घेराबन्दी की हुई जगह के पास से चलने लगे। पुलिसवाले जमीन पर से चीज़ें उठा-उठाकर देख रहे थे। कोई भी सामान पूर्ण आकार में नहीं था। पर इस टूटी या अधजली अवस्था में भी कई चीजों की शिनाख्त हो ही जा रही थी। एक स्टेथेस्कोप का कान में लगानेवाला हिस्सा, एक ब्रीफकेस, पानी का थरमस, शायद एक हैंडबैग

का आईना, जिसे एक पुलिसवाला हाथ में लिए इधर-उधर हिला रहा था और उससे सूरज की किरणें प्रतिबिम्बित हो रही थीं।

हमारी दाहिनी तरफ दुर्घटनास्थल था। हम उसके समीप से गोलाकार में आगे बढ़े जा रहे थे कि अचानक फेलूदा बाईं ओर एक आम के पेड़ की तरफ देखते हुए ठिठक गए।

पेड़ की एक नीची टहनी पर एक लड़का बैठा हुआ था। उसके हाथों में कालिख लगा जूता था जो शायद चमड़े का रहा होगा। निस्सन्देह लड़के ने उसे वहाँ बिखरी चीजों में पाया होगा।

फेलूदा उस लड़के की तरफ बढ़ने लगे।

"तुम लोगों ने इस कबाड़ से बहुत सारा सामान पाया होगा, ठीक है न?"

लड़का चुप। वो टकटकी बाँधे बस फेलूदा को देखने लगा।

"क्या हुआ? गूँगे हो क्या?"

लड़का फिर भी चुप रहा। 'होपलेस' कहकर फेलूदा दुर्घटनास्थल पार करते हुए गाँव की तरफ बढ़ गए। उधर बलराम बाबू का कुतूहल बेलगाम हो रहा था। पूछने लगे, "आप क्या कुछ ढूँढ़ रहे हैं साहब?"

"एक लाल पत्थर की मूर्ति," फेलूदा ने जवाब दिया—"सिर्फ उसका मस्तक।"

"सिर्फ मस्तक...हूँ..." कहकर बलराम बाबू ने इधर-उधर घाट पर ढूँढ़ना शुरू कर दिया।

हम एक पीपल के पेड़ की तरफ बढ़ गए। पेड़ के नीचे एक बाँस की बनी मचिया; उस पर बैठे तीन-तीन अधेड़ तम्बाकू चबा रहे थे। उनमें जो सबसे अधिक उम्र वाला था उसने फेलूदा से पूछा, "आप लोग कहाँ से आए हैं?"

"कोलकाता। आपका गाँव तो बाल-बाल बच गया!"

"हाँ, यह बात तो है बाबू! अल्लाह की मेहरबानी से घर-बार नहीं टूटे और लोग-बाग नहीं मरे; सिर्फ करीमुद्दीन का बछड़ा जो बँधा हुआ था, वो मर गया और आलम शेख का..."

"आग कब लगी?"

"जैसे ही जमीन पर गिरा वैसे ही बम फटने जैसा धमाका हुआ और पलक झपकते ही आग की लपटें और चारों तरफ बस धुआँ-ही-धुआँ। पूरा गाँव धुएँ में घिर गया। फिर शुरू हो गई बारिश, फिर आया दमकल..."

"दमकल आने तक आग जल रही थी?"

"आग तो बरसात के पानी से ही बुझ गई थी।"

"आप आग बुझने के बाद क्या नजदीक गए थे?"

"मैं बूढ़ा आदमी, मुझे क्या पड़ी है..."

"क्या गाँव के लड़के उधर गए थे? वहाँ बिखरे सामानों को उठाया था?"

बूढ़ा चुप। बाकी दोनों भी बगलें झाँकने लगे। इसी बीच आठ-दस लड़के हमारे पास आकर हमारी बातचीत सुन रहे थे। फेलूदा ने उनमें से एक को बुलाकर पूछा, "क्या नाम है तुम्हारा?"

लड़का अकड़ के साथ गरदन झटकाकर बोला, "अली।"

"इधर आओ।"

चूँकि फेलूदा जरा नरमी से बात कर रहे थे, सो लड़का आगे बढ़ आया।

फेलूदा ने उसके कन्धे पर हाथ रखकर स्वर को नरम करके पूछा, "उस टूटे हवाई जहाज से बहुत सारा सामान बाहर बिखरा पड़ा था, पता है न?"

लड़का चुपचाप खड़ा रहा।

"उन बिखरे सामानों में लाल पत्थर का बना एक मस्तक था, एक

स्त्री का। ठीक जैसे मस्तक कुम्हार बनाते हैं, वैसा ही।"

"वो जानता है।"

अली ने एक और लड़के की ओर इशारा कर कहा। फेलूदा ने उससे भी पूछा, "क्या नाम है तुम्हारा?"

"पानू।"

फेलूदा ने कहा, "तुम लोगों ने और क्या-क्या बटोरा उसमें मेरी कोई दिलचस्पी नहीं, वह सिर अगर लौटाते हो तो इनाम दूँगा।"

पानू की भी बोलती बन्द।

"बाबू जो पूछ रहे हैं जवाब दे।" तीनों बुजुर्गों में से एक दहाड़ उठा।

"उसके पास नहीं है।"

जवाब दिया पानू के ही हमउम्र, चेहरे पर चेचक के दागवाले एक लड़के ने।

"कहाँ गया?" चाबुक की तरह फेलूदा ने प्रश्न किया।

"एक और बाबू आए थे। उन्होंने माँगा। उन्हीं को दे दिया।"

"क्या यह सच है?" फेलूदा ने पानू का कन्धा जकड़कर प्रश्न किया। मेरी धड़कनें तेज हो रही थीं। हाथ आकर निकल जाएगा यक्षिणी का मस्तक? अब पानू ने जुबान खोली।

"एक बाबू आए थे न अभी गाड़ी में सवार होकर।"

"कैसी गाड़ी?"

"नीले रंग की।" तीन-चार लड़के एक साथ कह उठे।

"कैसा दिखता था वो बाबू? लम्बा? दुबला? मोटा? चश्मा पहने?..."

लड़कों के वर्णन से यह समझ में आया कि औसत कद का आदमी था, कमीज-पतलून पहने, न दुबला, न मोटा; न गोरा न काला; उम्र तीस से पचास के बीच। हमारे पहुँचने से आधा घंटा पहले आया। इस-उस से पूछकर आखिरकार पानू को कुछ इनाम देकर एक लाल पत्थर से बना सिर ले गया। उसके साथ नीले रंग की गाड़ी थी।

हम जब गाँव के रास्ते आ रहे थे तब उलटी ओर से एक नीले रंग की अम्बेसडर गाड़ी को हमारे पास से गुजरते हुए मैंने देखा था।

"चल तोपशे, आइए बलराम बाबू।"

इस सारी जानकारी के बाद फेलूदा जो थोड़े हताश हुए थे, उससे उबरकर एक नई ऊर्जा से भर गए हैं। यह उनके टैक्सी के तरफ लपकने के अन्दाज से ही मैं समझ गया। हम दोनों भी उनके पीछे दौड़े। देखें क्या है तकदीर में!

3

जिस रास्ते आए थे उसी रास्ते वापस लौट रहे हैं। डेढ़ बज चुके हैं, पर भोजन का कुछ खयाल ही नहीं। जब हम यशोहर रोड पर आए तब एक बार बलराम बाबू ने आग्रह किया था, "चाय पीएँगे साहब? जरा गले को तर कर..." फेलूदा ने जैसे कुछ सुना ही नहीं। बलराम बाबू ने भी पूरे मामले में एक रोमांचकता का अनुभव कर फिर से चाय का आग्रह नहीं किया।

गाड़ी पचहत्तर की रफ्तार से दौड़ रही है और मैं अफसोस कर रहा हूँ कि बस जरा-सा के लिए मस्तक हाथ से निकल गया। सुबह अगर लोड शेडिंग न हुई होती और अगर रेडियो पर समाचार सही समय पर हमने सुन लिया होता, तो शायद इस वक्त हम मूर्ति लेकर पुरातत्व विभाग के दफ्तर या फिर सीधे भुवनेश्वर जा रहे होते। मन्दिर की दीवार पर वापस मूर्ति प्रतिष्ठित हो जाती और अपने इस कारनामे के लिए फेलूदा को शायद पद्मश्री-वद्मश्री कुछ मिल ही जाता।

इस एक घंटे सूरज के निकले रहने से ही सड़कें काफी सूख गई हैं। मन-ही-मन सोच रहा था कि बलराम बाबू शायद थोड़ी-सी गति और बढ़ा ही सकते हैं कि ऐसी एक चीज पर नजर पड़ गई जिससे दिल की धड़कनें बढ़ गईं।

गाड़ी-मरम्मत की दुकान के बाहर एक नीली अम्बेसडर खड़ी थी।

सिदिकपुर में हुई बातचीत बलराम बाबू ने गौर से सुनी थी, यह उनके अगले प्रश्न से समझ में आया—"गाड़ी रोक लूँ साहब?"

"सामनेवाली चाय की दुकान पर।" फेलूदा ने दबी आवाज में कहा।

बलराम बाबू ने बड़े ही स्टाइल से टैक्सी को मरम्मत वाली दुकान से दो दुकानें छोड़ दाहिनी तरफ धप्प से ब्रेक मारकर रोका। फेलूदा तुरन्त गाड़ी से उतरे और तीन कप चाय का ऑर्डर दिया। कप तो नहीं थे, शीशे के गिलास में चाय मिली।

"अरे भई और क्या मिलेगा?"

"बिस्कुट लेंगे? बढ़िया बिस्कुट है।"

शीशे के जार में गोल-गोल नमकीन किस्म के बिस्कुट रखे थे। फेलूदा ने उसी में से दो-दो देने को कहा।

मेरी निगाहें नीली अम्बेसडर पर थीं। टायर-पंक्चर बनाया जा रहा था। बस एक शख्स, औसत कद, औसत रंग, उम्र चालीस के आसपास,

घनी भवें, हाथों पर घने रोंएँ, कानों से भी झाँकते हुए रोंएँ, बाल पीछे की तरफ झाड़े हुए। गाड़ी के पास अस्थिरता से चहलकदमी करते हुए और लगातार अधजले सिगरेट का कश लेते हुए। बंगाली? बात किए बिना समझना मुश्किल था।

चाय बन रही थी। फेलूदा ने एक चारमीनार निकालकर होंठों पर रखा फिर माचिस के लिए जेब टटोलते हुए उस शख्स की तरफ बढ़ गए। मैं टैक्सी के पास ही रहा। दोनों गाड़ियों के बीच मात्र बीस-पच्चीस हाथ का फर्क। बलराम बाबू कनखियों से नीली गाड़ी को देख रहे थे...

"माफ कीजिए, आपके पास क्या..."

उस शख्स ने जेब से निकालकर लाइटर जलाई और फेलूदा की तरफ बढ़ा दिया।

"धन्यवाद!" फेलूदा ने धुआँ उड़ाते हुए कहा, "खौफनाक दुर्घटना!"

भले आदमी ने फेलूदा की तरफ एक बार देखा फिर निगाह नीची कर ली।

"आप तो विमान दुर्घटनास्थल पर गए थे न," फेलूदा ने कहा, "शायद आपकी गाड़ी को वहाँ से आते देखा था मैंने...।"

"विमान दुर्घटना?"

"आपने नहीं सुना? काठमांडू जानेवाला विमान...सिदिकपुर में..."

"मैं टाकी से आ रहा हूँ।"

टाकी हासनाबाद के पास का एक छोटा-सा शहर है।

हमने क्या कहीं कोई गलती कर दी? अगर गाड़ी का नम्बर देख लिया होता तो अच्छा होता।

"और कितनी देर लगेगा भई?" भले मानुस ने व्यग्र होकर टायर मरम्मत करनेवाले से पूछा।

“बस हो गया साहब। पाँच मिनट।”

चाय की दुकान से बलराम बाबू ने आवाज लगाई कि चाय तैयार है। फेलूदा नीली गाड़ी को छोड़कर हमारी पीली गाड़ी की तरफ चल पड़े, हाथों में चाय के गिलास थामे हम दुकान के सामने वाली बेंच पर जब बैठे, तब फेलूदा ने दबी जुबान में कहा, “इनकार कर दिया। परले दरजे का झूठा है।”

मैंने कहा, “लेकिन नीली अम्बेसडर तो और भी होंगी। ये तो बहुत ही कॉमन रंग है फेलूदा।”

“उस आदमी के जूतों में अभी भी काफी राख लगी हुई है। तुम अपने सैण्डलों की तरफ देखो तो जरा?”

अरे सचमुच! विमान दुर्घटनास्थल पर जाकर मेरे सैंडलों का तो रंग ही बदल गया है। उस शख्स के जूतों का भी। भूरे जूतों पर काली परत।

फेलूदा जानबूझकर धीमे-धीमे बिस्कुट खा रहे हैं, यह समझते देर नहीं लगी। पाँच मिनट की बजाय पन्द्रह मिनट बाद वह गाड़ी दुरुस्त होकर मरम्मत की दुकान से निकली तथा उसने यशोहर रोड पर कलकत्ते की तरफ का रुख किया। अगले ही पल हमारी गाड़ी ने भी उसका अनुसरण किया। दोनों के बीच काफी दूरी थी पर फेलूदा ने कहा, यही बेहतर है, उस आदमी के मन में सन्देह पैदा करना फायदेमन्द नहीं होगा।

जब दमदम के पास पहुँचे अचानक फिर मूसलाधार बारिश शुरू हो गई। सामने सबकुछ धुँधला पड़ने लगा। बाध्य होकर बलराम बाबू को अपनी रफ्तार बढ़ानी पड़ी ताकि नीली गाड़ी के और करीब हम रह सकें। बलराम बाबू बड़े रसिक निकले, कहने लगे—“पूरा हिन्दी फिल्मों-सा दृश्य लग रहा है साहब। उस दिन शत्रुघ्न सिन्हा की एक फिल्म में देखा, ठीक इसी तरह एक गाड़ी का पीछा कर रही थी दूसरी गाड़ी। हालाँकि

उसमें दूसरी गाड़ी कुछ ही देर बाद पहाड़ी से गिरकर दुर्घटनाग्रस्त हो गई थी!"

फेलूदा ने कहा, "एक दिन में एक ही दुर्घटना काफी है। आप ध्यान से चलाइए। कोलकाता शहर में पहाड़ न हो तो भी।"

"क्या कह रहे हैं साहब! तेरह साल हो गए ड्राइव करते, आज तक एक भी नहीं, नॉट ए सिंगल एक्सिडेंट।"

'डब्ल्यू.एम.ए. फाइव थ्री फोर नाइन।' फेलूदा ने बुदबुदाकर कहा। मैंने भी नम्बर दिमाग में बिठा लिया और बार-बार 'पाँतीचान... पाँतीचान... पाँतीचान...' दोहराने लगा। यह और कुछ नहीं था बल्कि नम्बर पाँच, तीन, चार तथा नौ के प्रथम अक्षरों का संयोगफल था। नम्बर याद रखने के कुछ गुर फेलूदा ने सिखा रखे हैं। ये उन्हीं में से एक है।

बलराम बाबू वाकई दिलेर ड्राइवर हैं। गाड़ियों से उमड़ रही कलकत्ते की सड़क पर भी ठीक नीली गाड़ी को सामने रखे उसका अनुसरण किए जा रहे हैं। वह गाड़ी कहाँ जा रही है क्या पता।

"मूर्ति का आखिर करेगा क्या वह आदमी?" आखिरकार मैंने फेलूदा से पूछ ही लिया।

"वापस भुवनेश्वर तो नहीं ले जाएगा। जैसा धुरन्धर लगा, मेरा अनुमान है वह फिर से किसी विदेशी खरीदार को फाँसने की कोशिश करेगा। एक ही चीज को दो बार बेचकर ऊपरी कमाई करने का मौका झट से नहीं मिलता।"

देखा नीली गाड़ी अन्ततः हमें पार्क स्ट्रीट पर ले आई। पुराना कब्रिस्तान पार किया, फिर लाउडन स्ट्रीट, फिर कैमक स्ट्रीट का मोड़ पार कर आखिरकार गाड़ी अचानक बाईं तरफ क्वीन्स मैन्सन के दरवाजे से गुजरती हुई अन्दर जा पहुँची।

“अन्दर जाऊँ साहब?”

“अवश्य।”

हमारी टैक्सी भी मुख्य दरवाजे से अन्दर प्रविष्ट हो गई। खुली हुई बड़ी-सी जगह, बीचोबीच एक बागीचा तथा उसे घेरकर चारों तरफ खड़ी पाँच-छह मंजिली इमारतें। पार्क के चतुर्दिक गाड़ियाँ खड़ी हैं, एकाध स्कूटर भी जिनमें शामिल है। हमारी दाहिनी तरफ है क्वीन्स मैन्सन। हमने अपनी टैक्सी रोक ली। नीली गाड़ी कुछ दूरी पर एकदम आखिरी सिरे

पर जा खड़ी हुई। हम गाड़ी के अन्दर इस इन्तजार में बैठे रहे कि आगे क्या होगा।

दो शख्स एक काला बैग हाथ में लिए गाड़ी से निकले। दरवाजों के शीशे चढ़ाए, दरवाजों को ताला लगाया, फिर दाहिनी तरफ एक विशाल दरवाजे से होते हुए क्वीन्स मैन्सन में जा घुसे।

एक मिनट बाद फेलूदा टैक्सी से निकले, मैं भी उनके पीछे-पीछे। सीधे उसी दरवाजे की तरफ बढ़ गए। एक घड़घड़ाहट की आवाज कानों तक आई। जाकर देखा, बाबा आदम के जमाने की एक लिफ्ट कुछ पल हुए नीचे उतरी। धड़ाम-धुडुम की आवाज करते हुए लोहे का कोलैप्सेबुल दरवाजा खोल पिंजरे से बूढ़ा लिफ्टमैन बाहर निकला। फेलूदा अचानक उतावलेपने का भान करते हुए उससे पूछ बैठे—"अभी-अभी मिस्टर सेनगुप्ता ऊपर गए हैं न?"

"कौन सेनगुप्ता?"

"अभी-अभी जो ऊपर गए हैं।"

"अभी पाँच नम्बर वाला मिस्टर मल्लिक ऊपर गया। यहाँ कोई सेनगुप्ता नहीं रहता।"

"ओह! मुझसे शायद कुछ भूल हो गई।"

पाँच नम्बर फ्लैट। मिस्टर मल्लिक। यह सब याद रखना पड़ेगा। फेलूदा नोटबुक नहीं लाए, घर जाकर जरूर सबकुछ नोट कर लेंगे।

लेकिन अभी घर लौटने में काफी देर है यह थोड़ी ही देर में समझ में आ गया। फेलूदा ने बलराम बाबू का किराया अदा कर दिया। भला आदमी जाते वक्त एक कागज का पुर्जा फेलूदा के हाथ में थमाते हुए बोला, "ये मेरे पड़ोसी का नम्बर है, आप कहेंगे तो मुझे वे बुला देंगे। अगर कोई जरूरत पड़े तो जरूर याद कीजिएगा। मेरे इस उबा देनेवाले काम के बीच अगर कभी-कभी...।"

पार्क स्ट्रीट थाना के ओ.सी. हरेन मुत्सुद्दी के साथ फेलूदा का परिचय था। दो साल पहले फेलूदा ने जब हैप्पी-गो-लकी नामक रेस के घोड़े को जहर देकर मारने के मामले का रहस्य सुलझाया था, उसी वक्त उनका मुत्सुद्दी से परिचय हुआ था। हम अभी उन्हीं के दफ्तर में बैठे हैं। उन्होंने मूर्ति चोरी की खबर अखबारों में पढ़ी है। फेलूदा ने वहाँ से शुरू कर आज दिनभर का सारा घटनाक्रम उन्हें सुनाकर कहा, "जहाँ तक मैं समझता हूँ, यह मल्लिक भले ही खुद चोरी भी नहीं करता हो, पर चोरी के सामान का उद्धार कर उसे सही ठिकाने पर पहुँचाने का भार उसने जरूर लिया है। उसके बारे में चन्द जानकारियाँ तथा एक आदमी उसके पीछे लगाए रखना, ये दो अनुरोध लेकर आपके पास आया हूँ। उसके कार्यकलापों पर जरा नजर रखना जरूरी है। मिस्टर मल्लिक, पाँच नम्बर क्वीन्स मैन्सन, नीली अम्बेसडर, नम्बर डब्ल्यू.एम.ए. पाँच तीन चार नौ।"

मुत्सुद्दी इतनी देर अपने कान में एक पेन्सिल घुसेड़े बैठे थे। अब उसे निकालकर मेज पर रखते हुए बोले, "होगा। जब आप कह रहे हैं तो जरूर होगा। एक स्पेशल कॉन्सटेबल लगा देता हूँ, वो उस पर हमेशा नजर रखेगा और हमारे फाइल में अगर कुछ है तो वह भी देखता हूँ। होगा ही मैं नहीं कह रहा, बशर्ते इस आदमी ने इससे पहले पुलिस की नजरों में पड़ने लायक कोई कारनामा न किया हो।"

"लेकिन मामला बहुत गम्भीर है। मूर्ति अगर फिर से हाथ से निकल गई तो मुश्किल होगा।"

मुत्सुद्दी शरारती हँसी हँसकर बोले, "क्यों, मुश्किल क्यों? हम यहाँ बैठकर घोड़ों के लिए घास थोड़े न काट रहे हैं मिस्टर मित्तिर। अगर आप अकेले सबकुछ न सँभाल सकें और हमसे सहायता माँगें तो क्या हम इनकार कर देंगे? हम आखिर यहाँ हैं किसलिए? जनता की सहायता के

ही लिए न? पर एक बात कहूँ, एक मशविरा बतौर शुभचिन्तक, इन सब दुश्चक्रों के पीछे हमेशा एक संगठित दल होता है तथा वे काफी ताकतवर होते हैं। शारीरिक नहीं। पैसे की ताकत। रुतबे की ताकत। पढ़े-लिखे लोग जब घिनौनी हरकतें करने पर उतारू होते हैं, तब ऐसे लोगों को अंकुश में लाना, साधारण मुजरिमों से ज्यादा मुश्किल हो जाता है यह तो आप मानते हैं न? आप जवान हैं, गुणी, ऊर्जावान, इसीलिए आपसे ये सब कह रहा हूँ, वरना मुझे क्या पड़ी है।"

वाल्डर्फ में चाइनीज खाने का ऑर्डर दे फेलूदा मैनेजर के कमरे में गए और वहाँ से पाँच नम्बर क्वीन्स मैन्सन में फोन किया। उधर से हैलो सुनते ही उन्होंने फोन रख दिया तथा कुछ आश्वस्त होकर कहा, "वह अभी भी अपने फ्लैट में है।"

हम पौने तीन बजे घर लौटे। चार बजे के बाद मिस्टर मुत्सुद्दी का फोन आया। करीब पाँच मिनट तक बातचीत चली, जो फेलूदा ने साथ ही नोट कर रखा। फिर मेरे कुछ पूछने से पहले ही उन्होंने मेरे कुतूहल का निवारण करते हुए कहा, "उस आदमी का पूरा नाम है जयन्त मल्लिक। कोई पन्द्रह दिनों से क्वीन्स मैन्सन में ठहरा है। फ्लैट दरअसल किसी मिस्टर अधिकारी का है जो फ्री स्कूल स्ट्रीट के किसी रेस्टोरेंट के मालिक हैं। शायद यह अधिकारी का कोई दोस्त है। अधिकारी अभी दार्जीलिंग में है, उनकी गैरहाजिरी में मल्लिक फ्लैट का इस्तेमाल कर रहा है। गाड़ी भी शायद अधिकारी की ही है। गाड़ी को लेकर मल्लिक आज करीब तीन बजे ग्रैंड होटल गया था, अन्दर जाकर करीब पाँच मिनट बाद वह बाहर आ गया और किसी का इन्तजार करता रहा। बीस मिनट तक इन्तजार कर फिर भीतर चला गया। दस मिनट बाद फिर बाहर निकला और गाड़ी लेकर डलहौजी गया। वहाँ कुछ देर के लिए मुत्सुद्दी का नियुक्त हवलदार उसका सुराग खो बैठा। फिर अचानक फेयर्ली प्लेस के

रेलवे आरक्षण केन्द्र के बाहर उसकी गाड़ी देखी और अन्दर जाकर देखा मल्लिक टिकट कटानेवालों की कतार में खड़ा है। यहाँ से मनमाड, वहाँ से औरंगाबाद द्वितीय श्रेणी के आरक्षित टिकट। अगर कुछ और जानकारी मिलेगी तो वह खुद फोन करेगा।"

"औरंगाबाद जा रहा है?" मैंने तो इस जगह का नाम भी नहीं सुना।

"औरंगाबाद," फेलूदा ने कहा, "और हम अभी जा रहे हैं सरदार शंकर रोड, श्रीमान सिद्धेश्वर बोस के निवास पर। कुछ विचार-विमर्श करना है।"

4

'**औरंगाबाद!**' सिधू ताऊ की आँखें फटी रह गईं—"हे भगवान! इसका तात्पर्य समझ पा रहे हो फेलू? एलोरा जाने का गढ़ है औरंगाबाद। सिर्फ बीस मील की दूरी, सुन्दर मार्ग तथा एलोरा के मायने तो समझ ही गए होगे। भारतवर्ष की सुन्दरतम कलाकृतियों का जखीरा है एलोरा। पहाड़ी चट्टानों को तराशकर बनाया गया कैलास का मन्दिर—जिसे देखते ही लोगों की बोलती बन्द हो जाती है। इसके अलावा

पहाड़ के इर्द-गिर्द करीब डेढ़ मील तक बनी हैं और भी तैंतीस गुफाएँ—हिन्दू, बौद्ध, जैन धर्म की—हर एक के अन्दर भरी पड़ी हैं प्राचीन मूर्तियाँ एवं कलाकृतियाँ। मेरी तो इस खयाल से ही धड़कनें बढ़ी जा रही हैं!... लेकिन हवाई जहाज रहते वह आदमी ट्रेन से क्यों जा रहा है?"

"मेरा अनुमान है वह मूर्ति को अपने पास ही रखना चाहता है। हवाई जहाज से जाने पर विभिन्न तरह की जाँचों से होकर गुजरना पड़ेगा। हाथों में पड़ा छोटा बैग भी पुलिस खोलकर देखती है। ट्रेन में ये सारे झमेले नहीं हैं।"

औरंगाबाद का सारा मामला समझ लेने पर मेरा गला भी सूखने लगा। फेलूदा ने कलाई-घड़ी की ओर देखा और तड़ाक से मोढ़े से उठ खड़े हुए।

"क्या तय किया?" सिधू ताऊ ने पूछा।

"हमें हवाई जहाज से ही जाना पड़ेगा।"

जिस अन्दाज से सिधू ताऊ ने फेलूदा को निहारा, साफ जाहिर था कि गर्व से उनका सीना फूल उठा है। जुबान से उन्होंने कुछ नहीं कहा। चुपचाप चौकी पर से उठे। आलमारी से एक पतली-सी पुस्तिका निकालकर फेलूदा को थमाते हुए बोले, "यह तुम्हारी मदद करेगा। अच्छी तरह से एक बार पढ़ लेना।"

पुस्तिका का शीर्षक था, 'ए गाइड टू द केस ऑफ एलोरा।'

घर लौटते ही सबसे पहले फेलूदा ने जुपिटर ट्रवेल्स के मिस्टर बख्शी को यह जानने के लिए फोन लगाया कि अगली सुबह की बम्बई वाली उड़ान में टिकट उपलब्ध हैं या नहीं; उन्हें तीन सीट चाहिए। तीन सुनकर मैं बड़ा हैरान हुआ। क्या सिधू ताऊ भी साथ चल रहे हैं? फेलूदा से जब इस विषय में मैंने पूछा तो उन्होंने बस इतना कहा, "दल जरा भारी रहे तो अच्छा रहता है।"

बख्शी ने जवाब दिया, "वैसे तो जगह खाली नहीं है पर वेटिंग लिस्ट की स्थिति उत्साहवर्धक है। मैं टिकट ईशू कर दे रहा हूँ। आपलोग कल सुबह साढ़े पाँच से पहले हवाई अड्डे पहुँच जाइएगा। विश्वास है हो जाएगा।"

सुबह वाली उड़ान नौ बजे के भीतर बम्बई पहुँच जाएगी; फिर वहाँ से एक और जहाज साढ़े बारह बजे उड़कर करीब डेढ़ बजे हमें औरंगाबाद पहुँचा देगा। वो टिकट भी जुपिटरवाले ही कर देंगे तथा हमारे औरंगाबाद और एलोरा में आवास की व्यवस्था भी। हम कल ही अर्थात शनिवार को ही पहुँच जाएँगे, तथा मल्लिक पहुँचेंगे रविवार को।

बुकिंग के सारे झमेले से निवृत्त होकर फेलूदा एक और नम्बर मिला रहे थे कि दरवाजे की घंटी बज उठी। दरवाजा खोलते ही नजर आए रहस्य-रोमांच भरे उपन्यासों के शीर्ष जनप्रिय लेखक लालमोहन गांगुली उर्फ जटायु। फेलूदा मानो भूत देख रहे हों ऐसा चेहरा बनाकर रिसीवर रखते हुए बोले, "आश्चर्य है—अभी मैं आप ही का नम्बर मिला रहा था।"

जटायु अपनी तह की हुई प्लास्टिक की बरसाती मेज पर रखकर सोफे पर बैठते हुए बोले, "तब तो मानना पड़ेगा कि मेरे साथ आपका एक टेलिपैथेटिक संयोग जरूर है। मुझे भी कुछ दिनों से आपकी बड़ी याद आ रही थी।"

दरअसल सही शब्द होना चाहिए टेलिपैथिक, पर लालमोहन बाबू की अँग्रेजी कुछ ऐसी ही है। चेहरा काफी खिला हुआ लग रहा था। जरूर किताबें लिखकर अच्छी कमाई हो रही होगी।

"जरा अच्छे से नींबू डालकर आपने सर्वेंट से शरबत बनाने को कहेंगे—बड़ी उमस है। और हाँ, फ्रिजिडेयर से थोड़ी बर्फ भी डाल दे यदि..."

शरबत के लिए कहकर फेलूदा सीधे काम की बात पर आ गए।

"बहुत व्यस्त हैं क्या? नया उपन्यास शुरू कर दिया आपने?"

"शुरू किया होता तो क्या यहाँ आ पाता? खाका तैयार है। लगता है मामला जम जाएगा। अच्छी फिल्म बन सकती है। हालाँकि हिन्दी पैटर्न की। फाइट के पाँच दृश्य हैं। बलूचिस्तान की पृष्ठभूमि पर गढ़ा है मैंने अपने नायक प्रखर रुद्र को। अच्छा—क्या आप बता सकते हैं नायक की भूमिका में अर्जुन मेहरोत्रा कैसा लगेगा? हालाँकि अगर आप अभिनय करने को राजी हो जाएँ तब तो—"

"मैं हिन्दी नहीं जानता। खैर, फिलहाल हमारे साथ आ जाइए—कैलास घूम आते हैं। बल्कि वापस आकर बलूचिस्तान की बातें सोचिएगा।"

"कैलास! क्या कह रहे हैं जनाब—कहीं तिब्बत में तो आपका कोई केस नहीं पड़ गया? सुना है, वहाँ चीनियों का शासन है।"

"कैलास पर्वत नहीं। कैलास मन्दिर। एलोरा का नाम सुना है?"

"ओ हो हो हो, अरे तो यूँ कहिए न! पर मैंने तो सुना है वहाँ पर सब मन्दिर और मूर्तियों वगैरह का खेल है। आपको अचानक ये पत्थरों की क्या सूझी? आपका काम तो इनसानों से है।"

"क्योंकि कुछ इनसानों ने मिलकर उन पत्थरों का गोरखधन्धा शुरू कर दिया है। निहायत ही घटिया स्तर का। उसे बन्द करना बहुत जरूरी है।"

लालमोहन बाबू की विस्मय से फटी आँखों को देखते हुए फेलूदा ने सारा मामला उन्हें समझाया। सबकुछ सुन चुकने के बाद लालमोहन बाबू की गोल-गोल आँखें और अधिक गोल हो गईं। तुरन्त उन्होंने जेब से एक नोटबुक निकाली और कुछ लिखते हुए बोले—

"यह तो एक अनोखी बात बताई आपने। इन पत्थर की मूर्तियों की इतनी कीमत? मैं तो समझता था हीरा, पन्ना, मोती—ये सब हैं कीमती पत्थर, जिन्हें कहते हैं प्रेशस स्टोन्स। पर देख रहा हूँ ये भी कम प्रेशस नहीं हैं।"

"और ज्यादा प्रेशस। हीरे-पन्ने तो धरती पर असंख्य हैं, भविष्य में और ज्यादा होंगे। पर कैलास का मन्दिर या साँची का स्तूप या एलिफेंटा की गुफा—ये सब एक ही हैं, दो भी नहीं। हजारों वर्ष पहले हमारे देश की कला ने जिन ऊँचाइयों को छुआ था, आज के कलाकार उसकी कल्पना भी नहीं कर सकते। लिहाजा उस वक्त की कलाकृतियाँ जो भी बची हुई हैं, उनकी रक्षा करना अत्यन्त आवश्यक है। जो लोग उन्हें नष्ट करना चाह रहे हैं वे सभी क्रिमिनल हैं, मुजरिम हैं। मैं कहता हूँ भुवनेश्वर की यक्षिणी की हत्या हुई है। और जिसने यह किया है उसे सख्त-से-सख्त सजा मिलनी चाहिए।"

लालमोहन बाबू को उकसाने के लिए इतना काफी था। वैसे भी उन्हें नए देश, नई जगहों को देखने का शौक है। उस पर फेलूदा के साथ एक अपराधी का पीछा करना—कुल मिला कर भलेमानुष काफी उत्तेजित हो उठे। हवाई जहाज का समय, क्या कपड़े लेने होंगे, मच्छरदानी लेनी होगी या नहीं, साँप की दवाई लेनी होगी या नहीं ऐसी सारी जानकारियाँ लेकर उठते हुए बोले, "मैं और ज्यादा क्यों उत्तेजित हूँ जानते हैं? कैलास नाम की वजह से। कैलास—कई लाश! समझ रहे हैं ना?"

कितने दिनों के लिए जा रहे हैं, नहीं पता। पर सात दिनों से ज्यादा नहीं ही होगा, ऐसा मानकर सामान बाँधने में ज्यादा वक्त नहीं लगा। चूँकि फेलूदा को अकसर खोजबीन के सिलसिले में बाहर जाना पड़ता है, इसीलिए उनका एक सूटकेस हरदम जरूरी सामान के साथ अलग से तैयार रहता है। उसमें दवाइयाँ, फर्स्ट-एड बॉक्स, मेक-अप बॉक्स,

दूरबीन, मैग्निफाइंग ग्लास, कैमरा, पचास फुट लम्बा स्टीलवाला टेप, एक ऑल पर्पस नाइफ, तरह-तरह के पतले तार जिनसे जरूरत पड़ने पर चाबी के बिना ही ताले खोले जा सकते हैं, एक निऊमैन की ब्रैडशा या रेल, प्लेन, बसों की टाइम टेबल, एक रोड मैप, एक लम्बी रस्सी, एक जोड़ा शिकारी जूते। ये सारे सामान बहुत जगह नहीं घेरते हैं, अत: एक ही सूटकेस में उनके बाकी सामान भी आ जाते हैं। ज्यादा कपड़े वो लेते नहीं। कभी उन्हें कपड़ों का शौक था, अब नहीं है। सिगरेट पीना भी प्रतिदिन बीस से उतरकर दस पर आ गया है। स्वास्थ्य के प्रति वे हमेशा ही सचेत रहे हैं। नित्य योगाभ्यास करते हैं, अत्यधिक नहीं खाते। पर नए गुड़वाला सन्देश या बहुत स्वादिष्ट मेहींदाना मिल जाए तो सीमाओं की परवाह नहीं करते।

फेलूदा के पास टूरिस्ट दफ्तर की प्रकाशित ढेर सारी पुस्तिकाएँ थीं। उनमें से जो काम लायक थीं उन्हें मैंने जरा खोल-खालकर देख लिया। करीब रात दस बजे सोने जाने से पहले फेलूदा ने घड़ी का अलार्म सेट कर दिया, तथा किसी कारण अगर अलार्म नहीं बजे तो एक तीन सात पर फोन कर सुबह चार बजे नींद से उठा देने को कह दिया।

ठीक दस मिनट के बाद मुत्सुद्दी साहब का फोन आया। कहा, कुछ देर पहले मल्लिक का बम्बई से ट्रंककाल आया था। मल्लिक ने जो बातें कीं, वे कुछ इस प्रकार थीं—"लड़की ससुराल से मायके आ पहुँची है। पिता उसे लेकर जा रहे हैं बीस पचहत्तर।" जिसके जवाब में बम्बईवाले की आवाज आई अँग्रेजी में—"कैरी ऑन, बेस्ट ऑफ लक।"

सारी बातचीत का मैं कोई ओर-छोर नहीं निकाल पाया। यह बात फेलूदा से कहने पर उन्होंने कहा, "तुझे मध्यमनारायण तेल की आवश्यकता है।"

भाग्यवश इस तेल के बारे में मुझे जानकारी थी। वरना इसका भी अर्थ फेलूदा से पूछना पड़ता। सुना है मध्यमनारायण तेल सिर पर चुपड़ने

से दिमाग ठंडा रहता है तथा बुद्धि बढ़ती है।

बम्बई वाली उड़ान साढ़े छह बजे न छूटकर, छूटी करीब एक घंटे विलम्ब से। काफी आरक्षण रद्द हुए थे, अतः हमें जगह मिलने में दिक्कत नहीं हुई।

अटैची रहस्य के मामले में प्रथम बार हवाई सफर किया था हमारे साथ लालमोहन बाबू ने। अबकी शायद दूसरा मौका है उनका। मैंने गौर किया इस बार टेक ऑफ के समय पिछली बार की तरह उन्होंने दाँत-वाँत भींचकर वैसा वीभत्स कुछ भी नहीं किया। लेकिन शुरुआत में जब जहाज बादलों के बीच से गुजर रहा था, उस वक्त उसे कुछ झटके-से लगे जिसके फलस्वरूप लालमोहन बाबू की हालत वहाँ उपस्थित कुछ

और लोगों की तरह ही दयनीय हो उठी थी। एक बार तो झटका इतना तीव्र लगा कि भले आदमी और चुप न रह सके। बोले, "ये तो ऐसा लग रहा है जैसे चित्तपुर रोड पर किसी खटारे में सफर कर रहे हैं। कलपुर्जे कहीं ढीले तो नहीं हो रहे?"

मैं और फेलूदा साथ-साथ बैठे थे, तथा लालमोहन बाबू बैठे थे पैसेज के उस तरफ फेलूदा के समीप। नाश्ते के कुछ देर बाद वो एक बार फेलूदा की तरफ मुखातिब होकर बोले, "दाँत खोदनेवाली काठी को अँग्रेजी में क्या कहते हैं जनाब?" जान लेने के उपरान्त उन्होंने बटन दबाकर खुद ही एयर होस्टेस को बुलाकर 'एक्सक्यूज, टूथपिक प्लीज' कहते हुए उससे चन्द तीलियाँ माँग लीं। फिर करीब एक घंटे बाद बम्बई के बारे में एक पुस्तिका पढ़ते-पढ़ते बोल उठे—"ये अपोलो किस किस्म के बन्दर हैं जनाब?"

फेलूदा एलोरा की गाइड बुक को चेहरे के सामने से हटाते हुए बोले, "बन्दर नहीं, बन्दरगाह, पोर्ट!"

"ओ, पोर्ट! तो फिर अँग्रेजी में पोर्ट लिखने से ही हो जाता। बन्दर लिखने की क्या जरूरत थी? हुँह!"

हम तीनों में कोई भी इससे पहले बम्बई नहीं गया। पश्चिम में सबसे दूर जैसलमेर तक गया हूँ। वैसे तो इस बार बम्बई में ठहरने का कोई उपाय है नहीं, पर फेलूदा ने कहा है कि अगर एलोरा में सबकुछ जल्द निपट जाता है तो लौटते वक्त दो-तीन दिन बम्बई रुका जा सकता है। उनके कॉलेज का एक दोस्त है वहाँ, ग्लैक्सो कम्पनी में कार्यरत। उसने लम्बे अरसे से न्योता दिया हुआ है।

हवाई जहाज विमान पट्टी पर उतरने से पहले जब सीट की बेल्ट बाँधने को कहा गया, तब मैं फेलूदा से एक बात पूछे बिना नहीं रह सका। मैंने पूछा, "कल रात मल्लिक के फोनवाली बातें जरा समझा दोगे?"

फेलूदा मानों आसमान से गिरे हों।

"ये क्या—तुमने वाकई कुछ नहीं समझा?"

"ऊँहूँ।"

"लड़की ससुराल से मायके आ पहुँची है। लड़की है यक्षिणी का सिर, ससुराल था सिल्वरस्टाइन—जिसने मस्तक खरीदा था तथा मायका हुआ मल्लिक—जिसके पास सिर था।"

समझा देने पर ये वाकई पानी की तरह साफ लगा। मैंने फिर पूछा, "और बीस-पचहत्तर?"

"वो हैं अक्षांश और देशान्तर। नक्शे में देखना औरंगाबाद वहीं स्थित है।

सान्ताक्रूज हवाई अड्डे पर दस बजे उतरे। ढाई घंटे बाद दुबारा दूसरे हवाई जहाज पर सवार होना है। अत: शहर में जाने का कोई तुक नहीं। हालाँकि ऊपर आकाश से शहर की गमगमाहट देखकर आँखें चौंधिया गईं।

हवाई अड्डे के बाथरूम में मुँह-हाथ धोकर वहीं रेस्टोरेंट में चावल व मुर्गी खाकर औरंगाबाद वाले हवाई जहाज पर पौने एक बजे सवार हुए। यात्रियों की संख्या मात्र ग्यारह। फेलूदा ने कहा चूँकि अभी सैलानियों का सीजन नहीं है इसीलिए इतने कम लोग हैं। जो लोग भी औरंगाबाद जाते हैं उनमें अधिकांश एलोरा घूमने ही जाते हैं।

अबकी बार मैं और लालमोहन बाबू साथ बैठे तथा पैसेज के पार फेलूदा। फेलूदा के पास बैठे हैं एक अधेड़ उम्र के सज्जन। आँखों पर मोटा काला चश्मा, खड्ग की तरह लम्बी व टेढ़ी नाक तथा चौड़े

मस्तक पर पीछे की ओर सँवारे हुए अधपके घुँघराले बाल। औरंगाबाद के नन्हे-से हवाई अड्डे पर उतरकर उनसे परिचय हुआ। वैसे, होने की कोई गुंजाइश नहीं थी, पर उनकी कार जो उन्हें लेने के लिए आनेवाली थी, वो नहीं आई। मजबूरन उन्हें भी हमारे साथ ही एयरलाइन की बस में शहर आना पड़ा। हालाँकि वो बंगाली लग नहीं रहे थे, पर जब फेलूदा के साथ उन्होंने बांग्ला में बात की तो जरा आश्चर्य हुआ।

"कहाँ ठहरेंगे?" फेलूदा से उन्होंने पूछा।

"औरंगाबाद होटल।"

"मैं भी।...यहाँ किसलिए? घूमने?"

"हाँ, वैसा ही कुछ। और आप?"

"मैं एलोरा पर एक किताब लिख रहा हूँ। इससे पहले भी गया हूँ, ये दूसरी बार है। मिशिगन में इंडियन आर्ट हिस्ट्री पढ़ाता हूँ।"

"छात्रों में आग्रह है?"

"पहले से कहीं ज्यादा। आजकल तो भारतवर्ष की तरफ ही ताक लगाए बैठे हैं वे लोग। विशेषकर नई पीढ़ी।"

"वैष्णव धर्म का जोरदार प्रभाव सुनने में आ रहा है?" फेलूदा ने जरा व्यंग्य भरा प्रश्न ही किया। सज्जन हँसकर बोले, "हरे-कृष्ण वालों की बात कर रहे हैं न? जानता हूँ। लेकिन वे लोग काफी गम्भीर हैं। सिर मुँड़ाकर, तिलक लगाकर, धोती लपेटे कैसा खोल-करताल पीटते हैं, देखा होगा आपने। अगर आँखों से देखे बिना सिर्फ कानों से सुनें तो ठेठ कीर्तनियों के दल जैसा ही लगेगा।"

एयरलाइन्स दफ्तर के समीप ही है औरंगाबाद होटल। सिर्फ पन्द्रह मिनट लगे पहुँचने में। छोटा-सा होटल, पर व्यवस्था काफी अच्छी। रजिस्टर में नाम-धाम चढ़ाने के बाद मैं और फेलूदा गए ग्यारह नम्बर

कमरे में तथा लालमोहन बाबू चौदह नम्बर में फेलूदा ने सान्ताक्रूज से बम्बई का एक अखबार खरीदा था। रेस्टोरेण्ट में मैंने उन्हें पढ़ते देखा था। अब कमरे में आकर कुर्सी पर बैठे मध्य का एक पन्ना खोलते हुए मुझसे पूछा, "वैंडलिज्म का अर्थ जानते हो?" साफ-साफ न सही पर कुछ-कुछ मैं जानता था। शायद गंडागर्दी जैसा कुछ? फेलूदा ने कहा, "पाँचवीं शताब्दी में जिस बर्बर जाति ने रोम शहर को ध्वस्त किया था उन्हें वैंडल्स कहते थे। तभी से वैंडलिज्म किसी सुन्दर वस्तु को निर्ममता से नष्ट कर देने का पर्याय बन गया ।"

बात खत्म कर फेलूदा ने अखबार मेरी तरफ बढ़ा दिया। उसमें खबर थी—'मोर वैंडलिज्म।' तथा उसके नीचे है—मध्यप्रदेश के खजुराहो में तीसरी शताब्दी के कंदरिया महादेव के मन्दिर की दीवार से किसी ने एक नारी मूर्ति का मस्तक चोरी कर लिया है। बड़ौदा के एक आर्ट स्कूल के कुछ छात्र वहाँ घूमने गए थे। उन्होंने ही सबसे पहले इस दुर्घटना को देखा। पिछले एक महीने में यह इस तरह के वैंडलिज्म की तीसरी घटना है। साफ जाहिर है कि मूर्तियों के इन अवशेषों का कारोबार चल रहा है।'

मैं अभी इस खबर को आत्मसात ही कर रहा था कि फेलूदा की गम्भीर आवाज आई—"जहाँ तक समझ में आता है—ऑक्टोपस एक ही है। अपने सूँड़ भारतवर्ष के चारों तरफ फैलाकर अलग-अलग मन्दिरों से मूर्तियाँ चुरा रहा है। किसी भी एक सूँड़ को अगर जख्मी किया जा सके तो सारा जिस्म तिलमिला उठेगा। ये पहला वार ही होगा हमारा लक्ष्य।"

5

औरंगाबाद ऐतिहासिक शहर है। एबिसीनिया का एक गुलाम था मलिक अम्बर। भारतवर्ष आकर उसकी तकदीर ने करवट बदली तथा वक्त के साथ वह अहमदनगर के राजा का प्रधानमंत्री बन बैठा। उसने ही खाड़के नामक शहर की स्थापना की, जिसे औरंगजेब के शासनकाल में नाम बदलकर औरंगाबाद बना दिया गया। मुगल शासनकालीन अवशेषों के अलावा यहाँ करीब तेरह सौ वर्ष पुरानी आठ-

दस बौद्ध गुफाएँ हैं जिनमें हैं ढेर सारी सुन्दर व दुर्लभ मूर्तियाँ। जिन सज्जन के साथ आज परिचय हुआ, आज दोपहर वह परिचय को कुछ और प्रगाढ़ करने की कोशिश में हमारे कमरे में आए थे, चाय पीते-पीते उन्होंने बताया कि इन गुफाओं की मूर्तियों के साथ एलोरा की मूर्तियों का कुछ-कुछ मेल है। 'कल अगर फुरसत हो तो आपलोग एक बार हो आइए।' आज हल्की बूँदा-बाँदी हो रही है; कल सुबह मौसम का मिजाज ठीक रहा तो उन गुफाओं को, तथा उसके निकट स्थित औरंगजेब की बेगम की यादगार 'बीबी का मकबरा' देख आएँगे। हमें कल दोपहर तक तो यहाँ उपस्थित रहना ही पड़ेगा क्योंकि ग्यारह बजे जयन्त मल्लिक के पहुँचने की बात है। हमें यकीन है कि वे एलोरा जाएँगे, तथा हम जाएँगे उनका पीछा करते हुए।

रात के भोजन के उपरान्त फेलूदा अपनी एलोरावाली गाइड बुक लेकर बैठे। मैं क्या करूँ सोच ही रहा था, ऐसे समय जटायु आ हाजिर हुए। कहा, "क्या कर रहे हो तपेश बाबू? बाहर लाजवाब चाँद निकला है, चलो जरा टहल आएँ।"

होटल से बाहर निकलकर देखा चारों तरफ चाँद अपनी छटा बिखेरे था। दक्षिण की तरफ दूर पहाड़ियाँ दिख रही हैं। बौद्ध गुफाएँ शायद वहीं कहीं हैं। पास ही एक पान की दुकान में ट्रांजिस्टर पर हिन्दी फिल्मी गीत बज रहा है, सड़क के उस पार एक बन्द दुकान के सामने दो व्यक्ति बेंच पर बैठे गला फाड़कर किसी विषय पर तर्क कर रहे हैं—विषय समझ पाने का कोई उपाय नहीं क्योंकि भाषा शायद मराठी है। दिन के वक्त सड़क काफी व्यस्त थी, लोग-बाग, गाड़ियाँ, वगैरह। अभी दस बजते-बजते सबकुछ कैसा सुनसान हो गया है, कहीं दूर ट्रेन की सीटी सुनाई पड़ी। पगड़ी बाँधे एक आदमी साइकिल पर सवार घंटी टनटनाता हुआ हमारे सामने से गुजर गया। जाने किधर से एक व्यक्ति, 'ए मधुकर, ए मधुकर!' कहकर चीख उठा—सारे-के-सारे परिवेश में कैसा नयापन,

हर चीज अपने आप में रहस्यमय, थोड़ी रोमांचकर किसी अनजान डर में समाई हुई। इन सबके बीच अचानक लालमोहन बाबू मेरे कान में फुसफुसाए—"शुभंकर बोस को देखकर थोड़ा सस्पीशियस-सा नहीं लग रहा तुम्हें?"

मैं बताना भूल गया कि उस बंगाली प्रोफेसर का नाम है शुभंकर बोस। मैंने कहा, "क्यों?"

"उसके सूटकेस में क्या है जरा बताओ तो? पैंतीस किलो वजन कैसे हो सकता है?"

"पैंतीस किलो!" मैं तो अवाक।

"बम्बई में हवाई जहाज पर चढ़ते वक्त सामान वजन करवा रहा था। मेरे सामने ही था। मैंने खुद देखा। पैंतीस किलो। जबकि तुम्हारे भाई साहब का बाईस, तुम्हारा चौदह तथा मेरा सोलह। अतिरिक्त भार के लिए उन्हें अच्छा-खासा नगद भुगतान करना पड़ा।"

ये बातें मैं नहीं जानता था। हालाँकि उनका बकसा ज्यादा बड़ा नहीं है। क्या होगा उसके भीतर?

"पत्थर!" लालमोहन बाबू ने फुसफुसाते हुए खुद ही अपने प्रश्न का उत्तर दे डाला—"या फिर पत्थर तोड़ने के लिए लोहे के औजार वगैरह। तुम्हारे भाई साहब कह रहे थे न—इन मूर्तियों की चोरी के पीछे एक सक्रिय दल है। मेरा तो यह कहना है कि ये उसी दल के सदस्य हैं। उनकी नाक देखी तुमने! ठीक घनश्याम करकट की तरह।"

"घनश्याम करकट? ये भला कौन हैं?"

"ओ हो—तुम्हें तो बताया ही नहीं मैंने। मेरे नए उपन्यास का विलेन। उसकी नाक का विवरण कैसा दूँगा जानते हो? नजदीक से देखने पर ऐसा लगता है जैसे पानी की सतह पर उभरा हुआ शार्क मछली का पंख।"

जटायु ने मेरी खोपड़ी खराब कर दी। मुझे लेकिन शुभंकर बोस पर किसी प्रकार का सन्देह नहीं। क्योंकि जो व्यक्ति कला को लेकर इतना सबकुछ जानता है...। हालाँकि अब सोचता हूँ कि भारतवर्ष के विभिन्न मन्दिरों से जो लोग मूर्तियाँ चुरा रहे हैं उन्हें भी तो कला के विषय में कुछ जानकारी रखनी ही पड़ेगी। पर उस व्यक्ति के चेहरे में एक तीक्ष्णता तो है।

"तुमसे कह रहा हूँ," लालमोहन बाबू बोले, "आगे से उस पर थोड़ी-सी निगाह रखो। आज मुझे एक लेमनचूस धरा रहे थे, मैंने इनकार कर दिया। अगर कहीं जहर-वहर हुआ तो? भाई साहब से कहना अपना सही परिचय छुपाए रहें। कहीं जान गया कि वो डिटेक्टिव हैं तो..."

रात को जब फेलूदा से शुभंकर बोस के बकसे के वजन के बारे में कहा तो वे बोले, "पैंतीस नहीं, सैंतीस किलो। जटायु से कहना, सिर्फ पत्थरों का ही वजन नहीं होता, किताबों का भी होता है। मेरा यकीन है कि पढ़ने-वढ़ने के लिए अपने साथ काफी किताबें लाया होगा।"

अगली सुबह साढ़े छह बजे टैक्सी लेकर सबसे पहले हमने यहाँ का 'नकली ताजमहल' बीवी का मकबरा देखा फिर बौद्ध गुफाएँ देखने गए। गाड़ी से उतरकर पहाड़ी काटकर बनाई ढेर सारी सीढ़ियाँ चढ़ने के बाद ही बौद्ध गुफाओं तक पहुँचा जाता है। हमारे साथ शुभंकर बोस भी हैं, जो बिना रुके कला पर ज्ञान बरसाए जा रहे हैं। उनकी अच्छी बातें मेरे एक कान से घुसकर दूसरी से निकल जा रही हैं, बाकी बातें किसी भी कान में नहीं समा रहीं। लाख कोशिश कर भी मैं इस आदमी को चोर या बदमाश की तरह नहीं मान पा रहा। हालाँकि लालमोहन बाबू निरन्तर तिरछी निगाहों से उन्हें देखे जा रहे हैं फलस्वरूप अकसर सीढ़ियों पर फिसल रहे हैं।

हमारे अलावा और दो लोग हमसे पहले इन सीढ़ियों पर चढ़ चुके हैं। उनमें से एक रंग-बिरंगी हाईवन की शर्ट पहने हुए गंजा गोरा है तथा दूसरा निस्सन्देह पर्यटन विभाग का वेतनभोगी गाइड है।

फेलूदा इधर अपनी नक्काशीदार झोली से अपना पेन्टेक्स कैमरा निकाल बीच-बीच में फोटो खींचे जा रहे हैं। कभी पहाड़ी के ऊपर से शहर की फोटो तो कभी हमलोगों की। हमारी ओर कैमरा घूमते ही लालमोहन बाबू थमककर रुक जा रहे हैं। एकदम सीधे खड़े होकर चेहरे पर मुस्कान भरे हुए फोटो के लिए पोज मारते हैं। आखिरकार बाध्य होकर मुझे कहना पड़ा कि चलते-फिरते भी अच्छी फोटो आ सकती हैं तथा बिना हँसे हुए भी फोटो में चेहरा अच्छा दिख सकता है।

गुफा के द्वार पर पहुँचकर फेलूदा बोले, "तुम लोग घूमो, मैं कुछ फोटो खींचकर आता हूँ।" शुभंकर बाबू बोले, "दो नम्बर व सात नम्बर मत भूलिएगा। एक से पाँच आपको आसपास ही मिलेंगे। तथा छह से नौ नम्बर पड़ेंगे यहाँ से आधा मील दूर पूरब की ओर। पहाड़ी पर बना रास्ता दिख जाएगा आपको।"

वैसे ही जून का महीना, ऊपर से कड़कती धूप। बाहर काफी गरमी लग रही थी। पर गुफा के अन्दर घुसे तो एकदम से ठंडा। एक नम्बरवाली गुफा में विशेष कुछ नहीं था। देखते ही लग रहा था कि इसको असमाप्त ही छोड़ दिया गया होगा, तथा जितना तैयार था, वह भी क्रमश: टूट-टूटकर ढह चुका है। फिर भी शुभंकर बाबू बड़ी एकाग्रता से बरामदे के स्तम्भ, गुफा की छत वगैरह को देखते हुए जाने क्या सब नोटबुक में लिखे जा रहे थे। मैं और लालमोहन बाबू दो नम्बरवाली गुफा में प्रविष्ट हुए। फेलूदा मेरे पास एक टॉर्च छोड़ गए थे। बरामदा पार कर गुफा में गए तो टॉर्च जलानी पड़ी। विशालकाय हॉलनुमा कमरा तथा उसके दूसरे छोर पर बुद्ध की एक भव्य प्रतिमा। आसपास की दीवारों

पर टॉर्च की रोशनी डालकर देखा, उन पर भी भिन्न-भिन्न आकार की अद्‌भुत मूर्तियाँ गढ़ी हुई हैं। लालमोहन बाबू ने मन्तव्य किया—"उस जमाने के कलाकारों का महज कलाकार होने से गुजारा नहीं था, समझे भाई तोपशे, साथ-साथ बाहुबल का होना भी अनिवार्य था। हथौड़ी और छेनी से पत्थरों को काट-काटकर तैयार हुई हैं ये मूर्तियाँ—ये कोई मामूली बात नहीं।"

तीन नम्बर गुफा में जब गए तो देखा और भी बड़ा हॉलघर। वहाँ पर उपस्थित उस गाइड की बक-बक से सारी गुफा ऐसे गमगमा रही थी कि वहाँ ठहरना दूभर था। बाहर आकर लालमोहन बाबू बोले, "तुम्हारे भाई साहब गए कहाँ? दिख नहीं रहे?"

वाकई। फेलूदा आखिर कहाँ जाकर फोटो खींच रहे होंगे? तथा शुभंकर बाबू भी नहीं दिख रहे?

"चलो, आगे चलते हैं।" लालमोहन बाबू ने कहा।

बगल में ही चार व पाँच नम्बर गुफाएँ थीं, पर फेलूदा की गैरहाजिरी में कुछ अच्छा नहीं लग रहा था। वे आसपास नहीं हैं—ये अनुमान कर हमने पूरबवाली गुफाओं का रास्ता पकड़ा। करीब आधा मील चलना पड़ेगा, पर जाए बगैर उपाय भी नहीं। पहाड़ी रास्ते पर आसपास पेड़-पौधों के बजाय पत्थर तथा झाड़ियाँ ही अधिक हैं। घड़ी में मात्र सवा आठ बजे हैं, शायद इसी वजह से धूप में वैसी तेजी नहीं है, यहाँ दस बजे से ज्यादा देर तक रुकना उचित नहीं होगा क्योंकि ग्यारह बजे वाली गाड़ी से जयन्त मल्लिक आ रहे हैं।

करीब पन्द्रह मिनट यूँ ही पैदल चलने पर रास्ते से कुछ ऊपर की ओर एक गुफा नजर आई। शायद यही छह नम्बर है। रास्ते में फेलूदा का कोई नामोनिशान नजर नहीं आया। उधर लालमोहन बाबू जासूसों की तरह बीच-बीच में झुककर कदमों के निशान ढूँढ़ने की व्यर्थ कोशिश

किए जा रहे हैं। ऐसे पहाड़ी रास्तों पर बरसात का पानी ठहर नहीं पाता। ऊपर से लगातार दो घंटे सुबह की धूप की तेजी। रास्ता एकदम से तपकर तवा बना हुआ है।

आगे और जाने का क्या कोई तुक है? क्यों न उनका नाम लेकर पुकारा जाए?

"फेलूदा! फेलूदा!"

"प्रदोष बाबू! फेलू बाबू—! ओ मिस्टर मित्ति—र!"

कोई जवाब नहीं।

मेरे पेट के अन्दर कैसा अजीब-सा अनुभव होने लगा।

पहाड़ी पर चढ़कर ऊपर की तरफ तो कहीं नहीं निकल गए? कहीं कोई सुराग तो हाथ नहीं लगा? कुछ आवश्यक, महत्त्वपूर्ण—जिसकी वजह से हमारी बात भूलकर उन्हें तहकीकात में जुट जाना पड़ा हो?

लालमोहन बाबू सिर हिलाते हुए बोले, "इधर नहीं हैं। अगर होते तो हमारी पुकार जरूर सुन पाते। जरूर उधर ही कहीं होंगे। चलो वापस चलते हैं। अबकी अवश्य मुलाकात होगी। तुम्हारे भाई साहब तो कोई सनकी या कच्चा काम करनेवाले व्यक्ति हैं नहीं। चलो।"

हम वापस लौट पड़े। कुछ दूर बढ़ने पर फिर से उस गोरे साहब तथा उनके गाइड से साक्षात हुआ। ये एक से पाँच तक की गुफाएँ देखकर छह की तरफ जा रहे हैं। साफ जाहिर था कि गाइड की निरन्तर बकबक से साहब की दिमागी हालत कुछ डाँवाडोल हो चुकी है।

"वे रहे शुभंकर बाबू!" लालमोहन बाबू बोल उठे। भले आदमी, कुछ अन्यमनस्क-से हमारी ही तरफ बढ़े आ रहे थे। जटायु की आवाज सुनकर उन्होंने नजरें ऊपर उठाईं। मैं कुछ उद्वेलित-सा उनकी ओर आगे बढ़ा और पूछा, "मेरे भइया को देखा आपने?"

"नहीं। उन्होंने तो कहा, फोटो खींचने जा रहे हैं?"

"पर, वे कहीं भी दिख नहीं रहे। आपने गुफाओं को...?"

"गुफाओं के अन्दर नहीं हैं। मैंने सारी गुफाएँ देख लीं।"

मेरे चेहरे पर आतंक और डर के भाव भाँपकर उन्होंने कुछ सान्त्वना के स्वर में कहा, "और कहाँ जाएँगे—पहाड़ी के ऊपर की तरफ कहीं गए होंगे। शहर का मनोरम रूप नजर आता है पहाड़ी के ऊपर से। आगे जाकर जोर से पुकारो—वे सुन लेंगे।"

शुभंकर बाबू छह नम्बर गुफा की तरफ बढ़ गए। लालमोहन बाबू भर्राई-दबी आवाज में बोले, "मामला कुछ ठीक नहीं लग रहा तोपशे। एलोरा जाने से पहले ही ऐसी चिन्ता का सामना करना पड़ेगा, नहीं सोचा था।"

मनोबल बढ़ाने का प्रयास कर हम आगे बढ़े। चलने की रफ्तार स्वत: ही दुगनी हो गई। दिमाग में यही घुमड़ रहा था—वक्त बहुत कीमती है, मल्लिक आया कि नहीं ये जानने ग्यारह बजने से पहले होटल लौटना पड़ेगा। और यहाँ फेलूदा ही नदारद। बिना फेलूदा के...फेलूदा बिना...

"चारमीनार!"—अचानक लालमोहन बाबू की चीख से मैं उछल पड़ा।

सामने पाँच नम्बर गुफा के स्तम्भ नजर आ रहे हैं। उसके बाहर कँटीली झाड़ियों के पास पीले रंग का सिगरेट का डिब्बा पड़ा हुआ है। जाते वक्त तो वह नहीं था, या हमारी नजरों में नहीं पड़ा। खाली डिब्बा? या सिगरेट समेत जेब से गिर पड़ा है? या फिर हाथ से?...

डरते हुए आगे बढ़कर मैंने उसे उठाया। खोलकर देखा तो खाली। मैं फेंकने जा ही रहा था कि, 'देखूँ-देखूँ' कहते हुए लालमोहन बाबू ने उसे मेरे हाथ से झपट लिया तथा और बारीकी से उसे खोलकर देखने लगे। डिब्बा खोलते ही अन्दर सफेद कागज के टुकड़े पर डॉट पेन से कुछ लिखा हुआ

नजर आया। फेलूदा के हाथ की लिखावट—"होटल लौट जाओ।"

यद्यपि फेलूदा की एक चिट मिलने पर साँस-में-साँस तो आई, पर उन्होंने ये पुर्जा क्यों तथा किन हालात में यहाँ छोड़ा होगा, यह संशय मन को विचलित किए जा रहा था। लालमोहन बाबू बोले, "माना हम होटल लौट गए, पर मिस्टर बोस का क्या होगा? उनकी तो अभी चार गुफाएँ बाकी ही हैं।"

मैंने कहा, "ऐसा करते हैं—हम लौटकर टैक्सी वापस यहाँ भेज देते हैं उनके लिए।"

"यहाँ रुककर उसकी गतिविधियों पर नजर रखने से अच्छा नहीं होता?"

"मिस्टर बोस की?"

"हाँ।"

"मुझे लगता है हमें फेलूदा का आदेश मानना चाहिए।"

"तो फिर चलो लौट चलते हैं होटल।"

लालमोहन बाबू चूँकि खुद रहस्य-भरे उपन्यास लिखते हैं, इसीलिए कभी-कभी उनपर जासूसी का भूत सवार हो उठता है। मैं अच्छी तरह समझ रहा था कि वे शुभंकर बाबू पर नजर रखना चाह रहे हैं, पर बाध्य होकर ही मुझे बाधा देनी पड़ी। टैक्सी हमें होटल पहुँचाकर वापस गुफा को लौट गई। अभी नौ बजे हैं। फेलूदा के इन्तजार में ऐसे कब तक बैठना पड़ेगा क्या पता।

कमरे में बैठे रहना खल रहा था, सो दोनों जने होटल के बाहरवाली सड़क पर आकर चहलकदमी करने लगे। सुबह आसमान साफ था, अब वापस बादल घिर रहे हैं। अच्छा है, गरमी कटेगी।

करीब पौने दस बजे शुभंकर बाबू भी लौट आए, तथा फेलूदा अब

तक नहीं लौटे सुनकर थोड़े अवाक हुए। जबकि हम यहाँ किसी जुर्म की तहकीकात करने आए हैं, खतरे की आशंका है, ये भी हम उन्हें नहीं बता पा रहे। क्योंकि उनके साथ हमारा खास परिचय अभी तक हुआ नहीं तथा लालमोहन बाबू की निगाहों से वे विरोधी पक्ष के सदस्य हैं। यह सोचकर मैंने चालाकी से ये जताने की कोशिश में कि चिन्ता की कोई वजह नहीं है, कहा, "अरे वे ऐसे ही इनसान हैं। एकदम भुलक्कड़ और सनकी। इससे पहले भी कई बार ऐसा कर चुके हैं।"

करीब एक घंटा चहलकदमी कर चुकने के बाद वापस कमरे में आकर टिनटिन की किताब खोली और हिम-मानव के रोमांचकारी कारनामों में ध्यान लगाने की कोशिश की। ग्यारह बजने के कुछ देर बाद लगा जैसे ट्रेन की सीटी बजी हो। पौने बारह बजे बाहर किसी गाड़ी की आवाज सुनाई दी। जाकर देखा—एक टैक्सी से दो लोग उतरे। इनमें से एक मध्यम कद के, चौड़े कन्धे, गरदन ना के बराबर, देखते ही महसूस होता है मानो कड़क-मिजाज आदमी है। दूसरा व्यक्ति लम्बा, बेलबॉटम पैंट पहने, रंग-बिरंगी पतली-सी कमीज, गले में चेन, लम्बे बाल तथा बेतरतीब-सी दाढ़ी-मूँछवाला। दोनों हिस्सेदारी करके टैक्सी में आए हैं। मिलकर उन्होंने किराया चुकाया। लम्बे कदवाले के पास नए कैनवास का बैग तथा पहलवान के पास पुराना चमड़े का सूटकेस। अपना-अपना सामान लिए जैसे ही दोनों होटल के अन्दर गए कि एक और टैक्सी आ पहुँची।

दरवाजा खोलकर उतरे जयन्त मल्लिक।

उसे देखकर जितना मैं निश्चिन्त हुआ, उससे कहीं ज्यादा हैरान हुआ फेलूदा के कार्यकलाप से।

क्या ऐसी स्थिति में कभी पहले पाया है मैंने अपने आपको? याद तो नहीं आता।

6

दस मिनट और फेलूदा की राह देखी, आखिरकार, हार कर होटल के भीतर चला आया तथा लालमोहन बाबू के कमरे के दरवाजे पर दस्तक दी। दरवाजा खोलते ही आँखें गोल-गोल करके वे बोले, "मैं इतनी देर बाहर बरामदे में खड़ा था। बहुत ही सस्पीशियस किस्म के सब लोग यहाँ जमा हुए हैं। ये सभी क्या एलोरा जाएँगे? इनमें से एक तो पूरी तरह से हिप्पी, न हिप्पो, न जाने क्या पुकारते हैं एकदम वैसा ही है, यकीनन

गाँजा-वाँजा लेता होगा। लम्बे बाल, बेतरतीब दाढ़ी-मूँछ।"

मैं जानता था किसकी बातें कर रहे हैं लालमोहन बाबू। मैंने कहा, "मिस्टर मल्लिक आ पहुँचे हैं।"

"वाकई? कैसे दिखते हैं जरा बताना!"

मेरा ब्योरा सुनकर वे बोल उठे, "मेरे पासवाले कमरे में ठहरा है वह। मैंने देखते ही शक किया था। क्योंकि उसका सूटकेस उठाए-उठाए होटल के बेयरे का कन्धा लटक गया था। कहीं उसी में तो यक्षिणी का सिर नहीं है?"

मैं इस समय फेलूदा के अलावा और कुछ भी सोच नहीं पा रहा था, सो कहा, "यक्षिणी के सिर से कहीं ज्यादा जरूरी है इस समय फेलूदा का पता लगाना। एलोरा जाने का अभी तक कोई इन्तजाम नहीं हुआ। जबकि निस्सन्देह मल्लिक यहाँ आराम फरमाने नहीं आया होगा। हमारे वहाँ जाने से पहले ही कहीं वहाँ उसने कोई और मूर्ति वगैरह तोड़—"

"वह क्या है?"

लालमोहन बाबू ने दबी आवाज में प्रश्न कर मेरी बात बीच में ही काट दी। वे देखे जा रहे हैं दरवाजे की तरफ। मैंने कमरे में प्रवेश करते ही दरवाजा बन्द कर दिया था। अब देख रहा हूँ किसी ने उसके नीचे से एक मुड़ा हुआ कागज का टुकड़ा अन्दर सरका दिया है।

लपककर मैंने पर्ची को उठाया तथा खोलकर देखा। तीन वाक्यों की एक चिट्ठी। फेलूदा के हाथों लिखी हुई—

"डेढ़ बजे सारा सामान लेकर दोनों जने होटल के बाहर आकर पाँच सौ तीस नम्बर की काली अम्बेसडर टैक्सी का इन्तजार करना। दोपहर का खाना खा लेना। होटल का किराया पेशगी दिया हुआ है।"

चिट्ठी पढ़ने के तुरन्त बाद दरवाजा खोलकर बाहर बरामदे में निकल आया। कहीं कोई नहीं। थोड़ी देर खड़ा रहा तो देखा मल्लिक कुछ

अफरा-तफरी में कमरे से निकला व दफ्तर की ओर चला गया। हालाँकि मुझसे नजरें तो मिलीं पर उसने मुझे पहचान लिया हो, ऐसा नहीं लगा।

"कमरा खाली। दरवाजे खुले हुए। जाऊँ एक बार। यक्षिणी का सिर अगर..."

लालमोहन बाबू का साहस क्रमशः बढ़ा जा रहा है। मैंने कहा, "एक बज रहा है। मुझे लगता है आपको तैयारी में जुट जाना चाहिए। मैं भी चलूँ।"

एक बजकर पच्चीस मिनट पर भोजन से निवृत्त होकर फेलूदा का सूटकेस लिए अपने सामान के साथ हम बाहर आ खड़े हुए। इसी दरमियान लालमोहन बाबू सड़क के उस पार से पान खरीद लाए—"मीठा पत्ता यहाँ नहीं मिलता, बस सादा फीका पान। कलकत्ते में मैं कभी नहीं खाता, पर यहाँ अच्छा ही लग रहा है।"

एक टैक्सी आई। काली नहीं, हरी। नम्बर भी अलग। चालक ने बाहर निकलकर बाँहें फैलाते हुए जोरदार अँगड़ाई ली।

तीन मिनट बाद एक और टैक्सी आई। काली अम्बेसडर। नम्बर पाँच सौ तीस। हम दोनों सामान समेत आगे बढ़े।

"मिस्टर मिटर का पार्टी?" पंजाबी चालक ने पूछा।

"हाँ-हाँ।" जटायु ने गम्भीरता से चलते हुए ठेठ हिन्दी लहजे में जवाब दिया। चालक ने गाड़ी का पिछला दरवाजा खोल दिया। तीनों सूटकेस उसमें समा गए।

उधर होटल से लोग निकलने लगे। मिस्टर मल्लिक और शुभंकर बोस। दोनों को थोड़ी देर पहले एक ही टेबल पर खाते देखा था। हरी टैक्सी में दोनों जने सवार हो गए। एकाध बार कराहकर टैक्सी स्टार्ट हो गई तथा अदालत रोड से होती हुई पश्चिम की ओर चल दी, एलोरा जाने के लिए उधर से ही जाना पड़ता है।

क्रमश: बढ़ते जा रहे रहस्य से मेरा दम घुटा जा रहा है। बीच-बीच में फेलूदा पर गुस्सा जो नहीं आ रहा था, ऐसी भी बात नहीं। फिर भी मन कह रहा था फेलूदा तो सनकी आदमी हैं नहीं। वे जो भी करते हैं ठंडे दिमाग से सारी स्थितियों के बारे में सोच-विचार करके ही करते हैं।

और लोग नजर आए। वही लम्बे बालोंवाला हिप्पी। हाथों में कैनवास का बैग। सीधे मेरी तरफ आने लगा और दबी आवाज में बोला, "बैठ जाओ।"

इससे पहले कि कुछ समझ पाऊँ, सम्मोहित-सा मैं गाड़ी के भीतर जा बैठा। सामने का दरवाजा खोल हिप्पी ने एक धक्के में लालमोहन बाबू को अन्दर किया। फिर खुद मेरे पास आकर धप्प से बैठकर दरवाजा बन्द करता हुआ बोला, "चलिए दीनदयाल जी।"

फेलूदा अच्छा मेकअप कर सकते हैं मैं जानता था। पर इतना अच्छा कि गले की आवाज, चलने का ढंग, चेहरे के भाव—सब कुछ बदल जाए इसकी मुझे कल्पना भी नहीं थी। लालमोहन बाबू इस बीच पीछे मुड़कर फेलूदा से हाथ मिलाने से नहीं चूके। सबकुछ इतना चौंका देनेवाला था कि दिल की धड़कनें तेज हो गई थीं सारी बातें जानने को। पर फेलूदा ने जुबान तब खोली जब हम शहर से निकलकर खुली सड़क पर पहुँचे।

"बारासात के उस कारखाने में मल्लिक से मुलाकात हुई थी। अगर वह देखता कि वही आदमी उसके साथ एलोरा भी जा रहा है, तो सारा मामला गड़बड़ा जाता। इसीलिए यह मेकअप करना पड़ा। तुमलोगों को नहीं बताया क्योंकि मैं जाँचना चाहता था कि इस मेकअप में तुम मुझे पहचान पाते हो या नहीं। यह जानकर आश्वस्त हुआ, कि नहीं पहचान पाए।"

"मेरी झोली में सबकुछ था; फोटो खींचने का बहाना कर मैं छह नम्बर गुफा में चला गया। चूँकि वो थोड़ी ऊँचाई पर है, लोग वहाँ ज्यादा

नहीं जाते। मेकअप पूरा कर उसी हालत में शहर लौट आया। पहले टैक्सी का इन्तजाम किया। फिर स्टेशन पहुँचकर मनमाड से आनेवाली ट्रेन का इन्तजार। मल्लिक को उतरते देख निश्चिन्त हो उसका पीछा किया। टैक्सी से पीछा करते वक्त एकजने और होटल को आ रहेथे। उन्हें साथ ले लिया ताकि किराया बाँटा जा सके।...शुभंकर बोस अगर पूछें तो कह देना भइया जरूरी काम से बम्बई चले गए हैं क्योंकि रात सोने से पहले ये मेकअप उतार पाना सम्भव नहीं, मेरा तुमलोगों के साथ परिचय है ये जाहिर होना भी उचित नहीं। तुम और लालमोहन बाबू साथ आए हो, मैं अलग। तुम दोनों एक कमरे में साथ ठहरोगे, मैं अकेले अलग।"

"तुम बंगाली तो हो न?" मैंने डरते हुए पूछा। फेलूदा के साथ किसी और भाषा में बात करनी पड़ेगी सोचने में भी विचित्र लग रहा था।

"बांग्ला जानता हूँ ये कह सकता हूँ। नाम जानने की आवश्यकता नहीं। पेशे से फोटोग्राफर; हांगकांग एशिया मैगजीन के लिए फोटो लेने आया हूँ।"

"और हम?"

"मामा-भांजा। वे सिटी कॉलेज के इतिहास के प्राध्यापक। तुम सिटी स्कूल के छात्र। तसवीरें बनाने का शौक रखते हो। अगले वर्ष कॉलेज में दाखिला लोगे। इतिहास में ऑनर्स। तुम्हारा उपनाम मुखर्जी। लालमोहन बाबू के नाम में कोई परिवर्तन नहीं। आप एलोरा के विषय में चन्द जानकारियाँ हासिल कर लीजिएगा। कम-से-कम याद रखिएगा कैलास का मन्दिर सातवीं शताब्दी में राष्ट्रकूट वंश के राजा कृष्ण ने बनवाया था।"

लालमोहन बाबू ने बुदबुदाते हुए सारी बातों को दिमाग में बिठा लिया तथा चलती गाड़ी में ही जैसे-तैसे अपनी नोटबुक में भी लिख लिया। बहुत बड़ी जिम्मेदारी सौंप दी है हमें फेलूदा ने। अब समझ

में आ रहा है क्यों फेलूदा आग्रह करके लालमोहन बाबू को साथ ले आए। उन्हें पता था मल्लिक की आँखों से बचने के लिए उन्हें छद्मवेष धरना पड़ेगा, मुझसे भी अलग होना पड़ेगा। लालमोहन बाबू के रहने से दलगत संख्या तो बढ़ेगी ही। साथ ही जरूरत पर मेरे अभिभावक का दायित्व भी वे ले पाएँगे। लालमोहन बाबू को मामा कहकर पुकारने में कोई हिचक नहीं। पर फेलूदा को नहीं पहचान सकता—ये जाहिर करने के लिए तो अभिनय करना पड़ेगा। और उसके सिवा उपाय भी क्या है?

औरंगाबाद से एलोरा का रास्ता लाजवाब है। दूर दिख रहे पहाड़—हालाँकि अधिक ऊँचे नहीं—और रास्ते के दोनों तरफ रूखी जमीन। एक नई किस्म की कँटीली झाड़ियाँ दिख रही हैं जो नागफनी की तरह हैं मगर नागफनी नहीं। ऐसे लम्बे-पत्तोंवाले झाड़ राजस्थान में भी देखे हैं। एक-एक झाड़ करीब डेढ़ आदमियों जितने ऊँचे हैं।

बहुत देर से एक गाड़ी पीछे-पीछे हॉर्न बजाते हुए आ रही थी। हमारे चालक ने इशारा करके उसे आगे चले जाने दिया। उस गाड़ी में सवार है वही गंजा गोरा तथा वह, पहलवाननुमा व्यक्ति जो फेलूदा के साथ होटल में उतरा था।

आधे घंटे में क्रमश: एक पहाड़ नजदीक आने लगा। थोड़ी-सी चढ़ाई चढ़ने के बाद सड़क पहाड़ को दाहिनी तरफ छोड़कर आगे बढ़ती गई। बाईं तरफ दूर एक छोटा-सा शहर नजर आने लगा। चालक ने बताया वह है खुल्दाबाद तथा खुल्दाबाद में ही एलोरा की गुफाएँ हैं। हम डाक बँगले में ठहरेंगे। किसी और समय आए होते तो शायद इतनी आसानी से जगह नहीं मिल पाती। पर पहले ही बताया कि ये ठहरा ऑफ सीजन। यानी पर्यटकों की संख्या बहुत ही कम। इसी वजह से चोरों के लिए भी समय यह काफी सुविधाजनक है।

थोड़ी दूर और बढ़ते ही पहाड़ी में खोदी हुई गुफाएँ पहली बार नजर आईं। टैक्सी चालक ने पूछा, "पहले गुफा देखना है या पहले बँगले पर जाना है?"

फेलूदा ने कहा, "पहले बँगलो।"

बाईं तरफ से एक सड़क खुल्दाबाद की तरफ चली गई है। गाड़ी उसी सड़क पर घूम गई। मैं तब भी अचम्भित हो पहाड़ी काटकर बनाई गुफाओं को एकटक देखे जा रहा था। इनमें कैलास कौन-सा है कौन जाने!

खुल्दाबाद में रहने की दो जगहें हैं। एक है टूरिस्ट गेस्ट हाउस, जिसका किराया अधिक है। और दूसरा है डाक-बँगला। हमने बँगले के दो कमरे किराये पर लिए हैं। जाते वक्त हालाँकि गेस्ट हाउस पहले पड़ता है। वहाँ से गुजरते वक्त हमने गौर किया सामने बगीचे के पास हरीवाली टैक्सी खड़ी है। मतलब जयन्त मल्लिक यहाँ ठहरे हैं, गेस्ट हाउस के बादवाला मकान ही डाक-बँगला है। दोनों के बीच बाड़े से विभाजन रेखा बनी हुई है। आकार में बँगला काफी छोटा है, सजावट भी कम। पर है साफ-सुथरा। फेलूदा ने टैक्सी का किराया अदा कर चालक से पन्द्रह मिनट रुकने को कहा। हम सामान वगैरह रखकर कैलास जाएँगे। वह हमें वहाँ पर उतारकर औरंगाबाद लौट जाएगा।

डाक-बँगले में कुल चार कमरे हैं। हर कमरे में तीन बिस्तर। फेलूदा चाहते तो हमारे कमरे में ही ठहर सकते थे, पर ठहरे नहीं। अपने कमरे में जाने से पहले दबी आवाज में वे दोहरा गए—"तुम्हारा उपनाम मुखर्जी, लालमोहन बाबू तुम्हारे मँझले मामा, राष्ट्रकूट, सातवीं शताब्दी, राजा का नाम कृष्ण...मैं दस मिनट में तैयार होकर आया।"

हमें छोड़कर फेलूदा अपने कमरे में जाते ही 'चौकीदार' कहकर

चीख उठे। ऐसी एक विचित्र-सी आवाज में जिसका उनकी अपनी आवाज से कहीं कोई मेल नहीं।

हम दोनों तैयार होकर अपने कमरे से निकल बीचोबीच स्थित ड्राइंगरूम में जब आए तो पता चला एक और व्यक्ति बँगले में ठहरने आए हैं, ये वही हैं जो फेलूदा के साथ स्टेशन से पधारे थे, तथा जिनको हमने थोड़ी देर पहले गंजे साहब के साथ टैक्सी में भी देखा था। उस वक्त देखकर बॉक्सर या पहलवान जैसे कुछ लगे थे। पर अब देख रहे हैं आँखों के किनारों पर बुद्धिमत्ता-भरी मुस्कान खेल रही है जिससे यह अनुमान लगाया जा सकता है कि शायद काफी मेधावी इनसान हैं—शायद कवि या साहित्यकार या शायद कथाकार भी हो सकते हैं। हमारी तरफ देखकर बोले, "बंगाली?"

"यस सर!" लालमोहन बाबू ने जवाब दिया—"फ्रॉम कैलकटा। आई एम दि, क्या कहते हैं, हाँ प्रोफेसर ऑफ हिस्ट्री इन दि सिटी कॉलेज। एंड दिस इज दि, क्या कहते हैं, माई नेफ्यू।"

"कैलास देखने आए हैं?"—साफ-सुथरी बांग्ला भाषा में वे बोले।

"हो हो—आप भी बंगाली?"

"शत-प्रतिशत। पर कोलकाता का नहीं। इलाहाबाद का।"

शरीफ आदमी की बांग्ला भाषा में एक खिंचाव होता है जो आमतौर पर अप्रवासी बंगालियों में होता ही है।

हम और अधिक बातें न करते तो भी चल जाता। पर लालमोहन बाबू अँग्रेजी नहीं बोलने की उत्तेजना में ऐसे बहके कि बढ़-चढ़कर और भी काफी कुछ बोल गए।

"सोचा राष्ट्रपूट वंश की अद्‌भुत कीर्ति को एक बार देख ही आऊँ, हें हें हें। मेरा भांजा वैसे कला के मामले में बहुत ही ये है। कहता है बी.ए. पढ़कर ऑर्ट कॉलेज में दाखिला लेगा। बड़ी अच्छी तस़्वीरें बनाता है। भूतो, अपनी ड्राइंगवाली कॉपी साथ में ले लेना।"

मैं चुप रहा क्योंकि ड्राइंग की किसी प्रकार की कोई कॉपी मैं साथ नहीं लाया।

इस बीच फेलूदा भी कन्धे पर झोला लटकाए निकल आए। कैमरे को बाहर निकाल गले में लटका रखा है क्योंकि फोटो तो उनको खींचना ही है। हम तीनों पर एक बार उन्होंने नजर दौड़ाई फिर अपनी नई आवाज में बोले, "अगर आपलोग गुफाएँ देखना चाहते हैं तो मेरे साथ आ सकते हैं। मेरे पास टैक्सी है?"

"वाह, ये तो सुविधा ही हुई!" लालमोहन बाबू चहके।

"क्या आप भी चल रहे हैं उधर?"

यह प्रश्न था इलाहाबाद वाले सज्जन के लिए। उन्होंने कहा, "मैं बाद में जाऊँगा। पहले नहाना बहुत जरूरी है।"

बाहर आते ही सूखते कंठ से लालमोहन बाबू बोले, "अरे साहब कुछ और मसाला दीजिए। इतिहास का स्टॉक जरा और बढ़ाए बिना नहीं चलेगा।"

फेलूदा बोले, "भारतवर्ष के विशेष ऐतिहासिक कालों का नाम पता है आपको?"

"मतलब?"

"जैसे मौर्य, शुंग, गुप्त, कुषाण, चोल—या फिर इधर पाल वंश, सेन वंश—जानते हैं न?"

लालमोहन बाबू के चेहरे से हवाइयाँ उड़ने लगीं। टैक्सी में घुसते हुए बोले, "एक बात कहूँ—ऐसा भी तो हो सकता है कि मैं बहरा हूँ। कोई अगर कुछ कहे और मैं ठीक से न सुन पाने का अभिनय करूँ तो आराम से नइया पार लग जाएगी।"

"कोई नुकसान नहीं—बशर्ते अभिनय अच्छा हो, तथा उसका क्रम आप बरकरार रख सकें।"

"वो सब इतिहास का पहाड़ा याद करने से कहीं ज्यादा सहज है। आपने देखा न, कूट बोलने की जगह पूट बोल बैठा।"

गेस्ट हाउस के पास से गुजरते समय गौर किया कि मिस्टर मल्लिक बाहर निकल आए हैं तथा जेब में हाथ डाले बँगले की तरफ ताक रहे हैं। हरीवाली टैक्सी अब भी खड़ी है। फेलूदा ने शायद मल्लिक को देखकर ही अपनी झोली में से एक छोटी-सी कंघी मेरी तरफ बढ़ाते हुए कहा, "अपनी माँग दाहिनी ओर से काढ़ना जरा, चेहरे में कुछ बदलाव आ जाएगा।" गाड़ी की विंडस्क्रीन पर लगे आईने में निहार मैंने बाल दाहिनी तरफ से सँवार लिए। माँग को मामूली-सा इधर-उधर काढ़ने-भर से आदमी का चेहरा इतना बदल सकता है, इसका मुझे अनुमान नहीं था।

बँगले की ओर जानेवाली सड़क जहाँ बड़ी सड़क से आ मिली है, वहाँ से एक और सड़क पहाड़ी के ऊपर जा चक्कर खाकर थोड़ी देर बाद ही कैलास मन्दिर को लाती है। फेलूदा ने पहले ही कह दिया था कि आज हम ज्यादा घूम-फिर नहीं सकेंगे क्योंकि कैलास देखते-देखते ही सूर्यास्त हो जाएगा। टैक्सी हमें उतारकर औरंगाबाद को लौट गई।

कैलास वाकई क्या है, यह बाहर से उतना मैं समझ नहीं सका था। सामने विशालकाय पत्थर के द्वार से अन्दर प्रवेश करते ही सिर चकरा गया। मूर्तिचोर, यक्षिणी का सिर, मिस्टर मल्लिक, शुभंकर बोस—सब जैसे शून्य में विलीन हो गए। रह गई बस एक विस्मित करती, मन को मोह लेनेवाली एक अद्भुत-सी स्थिति। मैंने कल्पना के जगत में विचरने की कोशिश की—तेरह सौ वर्ष पहले महज हथौड़ी और छेनी से दक्षिण के कुछ कारीगरों ने मिलकर पहाड़ों को काट-काटकर इस मन्दिर का स्वरूप निकाला होगा। पर मैं कल्पना न कर सका। ऐसा लगा मानो यह मन्दिर हमेशा-हमेशा से यहाँ था। या फिर आदिकाल में किसी जादूगर ने

अपनी मंत्रशक्ति द्वारा पल-भर में इस मन्दिर को तैयार कर दिया होगा। या फिर फेलूदा के उस उपन्यास की तरह—मनुष्य से भी ज्यादा बुद्धिमान किसी अन्य ग्रह के प्राणियों ने आकर इस मन्दिर का निर्माण कर दिया होगा।

तीनों तरफ खड़ी पहाड़ियों के बीच खड़ा है कैलास का मन्दिर। मन्दिर के एक तरफ से अगर पैदल चला जाए तो पीछे की तरफ से चक्कर लगाकर दूसरी तरफ से वापस सामने आया जा सकता है। यह मार्ग कहीं भी आठ या दस हाथ से ज्यादा चौड़ा नहीं है। मन्दिर के दाहिनी व बाईं ओर पहाड़ी पर गुफाओं की तरह कमरे बने हैं, तथा उनमें भी मूर्तियाँ ही हैं।

हमने दाहिनेवाले मार्ग पर चलना शुरू किया। फेलूदा निरन्तर बुदबुदाते हुए हमें याद दिलाए जा रहे हैं—

"इस जगह की लम्बाई है तीन सौ फुट तथा चौड़ाई डेढ़ सौ... मन्दिर की ऊँचाई है सौ फुट...दो लाख टन पत्थर काटकर यहाँ से निकालना पड़ा था...सबसे पहले तीनों तरफ से पत्थर काटकर खाई बनाई गई...उसके बाद कंगूरे से मन्दिर निर्माण शुरू हुआ तथा पत्थरों को काटते-काटते अन्ततः नीचे तक खत्म किया गया।...देवी, देवता, मनुष्य, जानवर, रामायण, महाभारत क्या नहीं है यहाँ। जरा इन सबके पीछे के हिसाब के बारे में सोचो...कलात्मकता को कुछ देर के लिए भुलाकर महज इस कार्य के पीछे लगी तकनीक के बारे में सोचो..."

इससे पहले कि फेलूदा और कुछ कहते, एक आहट पाकर रुक गए तथा हमसे चार-पाँच हाथ पीछे रहकर एक गुफा में रावण की कैलास को हिलानेवाली मूर्ति देखने लगे।

कदमों की आहट। मन्दिर के पीछे से शुभंकर बोस का आविर्भाव हुआ। हाथ में एक नोटबुक, कन्धे पर एक झोला। बहुत बारीकी से मन्दिर

की कलात्मकता को निहारते हुए। मूर्ति से अब उनकी निगाह हटकर हमारी तरफ आई। पहले एक मुस्कान, फिर कुछ चिन्ता के भाव।

"तुम्हारे भाई साहब की कोई खबर मिली?"

यथासम्भव स्वाभाविक रहने की कोशिश कर मैं बोला, "एक जरूरी काम से उन्हें अचानक बम्बई जाना पड़ा। एकाध दिन में आ जाएँगे।"

"ओ..."

शुभंकर बोस वापस पत्थरों में तल्लीन हो गए। पीछे एक खच की आवाज हुई जिससे मैं समझ गया कि फेलूदा ने फोटो खींची है। घूमकर देखा तो फेलूदा हमारी ही तरफ आ रहे थे। हम दोनों मन्दिर के पिछले भाग से घूमते हुए दूसरी तरफ जा खड़े हुए। अब एक और शख्स नजर आए— नीली कमीज और सफेद पतलून पहने मिस्टर जयन्त मल्लिक। शायद ये अभी-अभी पधारे थे। चुपचाप खड़े थे। हमें देखते ही मन्दिर की दीवार पर बनी एक हाथी की मूर्ति की तरफ बढ़ गए। इनके हाथों में जो बैग था, वह हमने कलकत्ते में भी देखा था। बारासात से लौटते समय यह बैग उनकी गाड़ी में था, तथा यही बैग लेकर वे क्वीन्स मैन्सन में गए थे। इस बैग में आखिर है क्या, यह जानने का तीव्र कुतूहल मन में जगा। फेलूदा हमारे करीब आ गए हैं। एकाध बार तो लगा फेलूदा सीधे जाकर जयन्त मल्लिक का कॉलर पकड़ लेंगे और कहेंगे—"कहाँ है, निकालो यक्षिणी का मस्तक!" पर यह भी मैं समझ रहा था कि ऐसा कच्चा काम वे नहीं करेंगे। यह सच है कि मल्लिक सिदिकपुर गया था; यह भी सच है कि अब वह एलोरा आया है, तथा बम्बई में जाने किसको फोन पर कहा, लड़की ससुराल से मायके आ गई है—यह सब सच है। लेकिन इससे ज्यादा अभी तक हम उसके विषय में और कुछ नहीं जान पाए हैं। थोड़ी और जानकारी के बिना, कुछ और प्रमाण जुटाए बिना फेलूदा कोई कदम नहीं उठाएँगे।

पर जो इस वक्त किया जा सकता था, वह फेलूदा ने कर दिया। मल्लिक के बगल से जाते हुए उसके बैग को एक धक्का देकर, 'सॉरी' बोलते हुए एक मूर्ति पर कैमरे का फोकस करने में जुट गए।

धक्का लगने पर बैग जिस तरह से डोल उठा, उससे ऐसा नहीं लगा कि उसके अन्दर कोई भारी वस्तु है।

कैलास से निकलते वक्त दो और व्यक्तियों के दीदार हुए। एक हमारे बँगलेवाले इलाहाबादी तथा दूसरे वही गंजे गोरे साहब। इलाहाबादी हाथ हिला-हिलाकर कुछ कह रहे हैं, साहब सिर हिला-हिलाकर कुछ सुन रहे हैं। अचानक जाने क्यों ऐसा लगा—हम तीनों को छोड़ यहाँ जितने भी लोग हैं सभी गड़बड़ हैं। सबको सन्देह के दायरे में रखना चाहिए, क्या फेलूदा ऐसा ही कुछ कर रहे हैं?

7

कैलास से लौटते वक्त अचानक जाने क्यों फेलूदा की गेस्ट हाउस जाने की इच्छा हुई। मैंने जब कारण पूछा तो उन्होंने कहा, "जरा पता कर आऊँ यहाँ अखबार आता है या नहीं।" हम बँगले पर चले गए। हम दोनों को बड़ी भूख लग रही थी। सो लालमोहन बाबू ने आवाज देकर चौकीदार से चाय और बिस्कुट लाने को कहा। सामने वाले दरवाजे से प्रवेश करते ही ड्राइंगरूम था। दाहिनी तरफ

स्थित एक नम्बर कमरा हमारा था। हमारे पासवाला दो नम्बर कमरा, फिलहाल खाली था। हमारे ठीक विपरीत दो और कमरे थे। हमारे कमरे के सामनेवाले कमरे में इलाहाबादी महाशय, तथा उनके बगलवाले चार नम्बर कमरे में फेलूदा थे।

मैंने पहले ही बताया था लालमोहन बाबू पर रह-रहकर जासूसी का दौरा पड़ता है। ठीक इस मुहूर्त में उनका शायद ऐसा ही कुछ मिजाज बन रहा है। कमरे में बैठे चाय की चुस्की लेते-लेते कहने लगे—"चलो, उस गोरे को छोड़ दिया; बाकी जो तीन बचे, उनमें से दो के विषय में फिर भी कुछ जानकारी हमें है—सच या झूठ। पर हमारे बँगलेवाले महाशय का तो नाम तक नहीं पता। उसके कमरे का एक बार निरीक्षण करने से कैसा रहेगा? शायद दरवाजे पर उसने ताला नहीं लगाया।"

मुझे उनका यह जोश कुछ जँच नहीं रहा था, सो मैंने कहा, "अगर चौकीदार ने देख लिया?"

लालमोहन बाबू बोले, "मैं जाता हूँ, तुम नजर रखो, अगर जरा-सा भी अंदेशा हो कि चौकीदार इधर आ रहा है, तो गला खखारना। मैं निकल आऊँगा। तुम्हारे भाई साहब का काम कुछ अगर आगे बढ़ाया जा सके, तो उन्हें खुशी ही होगी। इलाहाबादी का सूटकेस भी आकार में काफी भारी महसूस हुआ।"

मैंने ऐसा कार्य-कलाप पहले कभी नहीं किया। फेलूदा के अलावा और किसी के लिए नहीं। पर मामले में थोड़ी-सी रोमांचकता की बू होने के कारण आखिरकार मान गया। मैं पीछेवाले बरामदे की तरफ चला गया। सामने थोड़ी-सी खुली जगह के बाद ही बावर्चीखाने के पास था चौकीदार का कमरा। मैंने पहले ही गौर किया कि चौकीदार के पास एक साइकिल है। अभी देखा उसका दस-बारह साल का लड़का बड़े जतन के साथ उसकी सफाई में जुटा हुआ है। एक हल्की-सी कच की आवाज

हुई। मैंने गरदन घुमाकर तिरछी निगाह से देखा, लालमोहन बाबू चोरों की तरह तीन नम्बर कमरे में दाखिल हुए। करीब तीन मिनट हुए होंगे उन्होंने खुद खखारने की आवाज निकालते हुए मुझे आश्वस्त किया कि उनकी तहकीकात खत्म हो चुकी है। कमरे में लौटने पर वे बोले, "पुराना सूटकेस देखकर सोचा था चाबी की जरूरत ही नहीं पड़ेगी। पर लाख कोशिश करके भी खोल न सका। मेज पर एक चश्मे का खोल दिखा, जिस पर कलकत्ते की स्टीफेन कम्पनी का नाम छपा था। एक सोडा मिंट की बोतल तथा एक ओडोमास क्रीम का ट्यूब। आलने पर हरा धारीदार कुर्ता-पायजामा। फर्श पर एक जोड़ी पुराना चप्पल—कम्पनी का नाम मिटा हुआ। इसके अलावा और कुछ..."

लालमोहन की बातें वहीं रुक गईं। फेलूदा ने निःशब्द कमरे में प्रवेश किया।

"किसके सामान की फेहरिस्त दी जा रही है?"

उनको सारा मामला बताना ही पड़ा। सुनकर वे नाराज या गुस्सा नहीं हुए। बस कहा, "उस आदमी पर सन्देह करने लायक क्या कोई वजह दिखी थी?"

लालमोहन बाबू हकलाते हुए बोले, "कुछ भी तो पता नहीं चल पाया था उसके बारे में। यहाँ तक कि नाम भी नहीं। कैसा मुस्टंडे-सा चेहरा था उसका! आपने किसी गिरोह की बात कही थी न?—इसीलिए सोचा, मेरा मतलब..."

"सन्देह का कारण जाने बिना यह सब करना व्यर्थ में खतरा मोल लेना है। उनका नाम है आर.एन. रक्षित। सूटकेस की बाईं ओर कोने पर चमकदार सफेद हरफों में साफ लिखा है। आँखें हों तो सबकुछ दिखता है। फिलहाल मुझे नहीं लगता इससे ज्यादा जानकारी की कोई आवश्यकता है।"

लालमोहन बाबू बोले, "तो फिर बाकी रह गया वह गोरा साहब।"

फेलूदा ने कहा, "साहब का नाम है सैम लुईसन। वह भी यहूदी है, साथ ही अमीर भी। न्यूयॉर्क में उसकी अपनी आर्ट गैलरी है।"

"कैसे पता चला?" मैंने हैरत में भरकर पूछा।

"गेस्ट हाउस के मैनेजर के साथ मेरा परिचय हो गया है। धुरन्धर आदमी है। जासूसी किताबों का कीड़ा। मूर्ति-चोरी की खबर अखबार में पढ़ने के बाद से ही आस लगाए बैठा है कि कब उस चोर का यहाँ आविर्भाव होगा।"

"तुमने अपना परिचय दिया?"

फेलूदा ने स्वीकारोक्ति में सिर हिलाते हुए कहा, "उसे हाथ में रखना जरूरी है। काफी काम का आदमी निकलेगा। हमें यह ध्यान में रखना होगा कि मल्लिक उसी गेस्ट हाउस में है। सुना है उसने इसी बीच बम्बई के लिए कॉल बुक किया था, सम्पर्क नहीं मिला।"

रात का खाना हम चारों ने साथ बैठकर खाया। फेलूदा एक शब्द भी नहीं बोले। वजह उनका ओढ़ा हुआ छद्मवेष था, या उनके दिमाग में कुछ घुमड़ रहा था, समझ नहीं सका। मिस्टर रक्षित ने एक बार लालमोहन बाबू से पूछा था—"भारतीय इतिहास के किसी काल विशेष के विषय में वे चर्चा करते हैं क्या?" जवाब में अरहर दाल में सने अपने रोटी के टुकड़े को चबाते-चबाते लालमोहन बाबू बोले कि पिरामिड के विषय में उनको विशेष ज्ञान नहीं, हालाँकि पिरामिड मिस्त्र में हैं, ये उनको पता है। इस जवाब से मिस्टर रक्षित भौचक्का होकर मेरी तरफ देखने लगे। मैंने अपने कान की तरफ इशारे से उन्हें बताया कि लालमोहन बाबू कान से ऊँचा सुनते हैं। इसके बाद सज्जन ने 'मँझले मामा' से और कोई सवाल नहीं किया।

खाने के उपरान्त मैं और लालमोहन बाबू जब बँगले के बाहर आकर खड़े हुए, (फेलूदा अपने कमरे में चले गए थे) एक जोरदार हवा का झोंका उठा, तथा बादल के टुकड़ों के बीच से हल्की चाँदनी छिटककर चारों तरफ फैल गई। कहीं से रात की रानी के फूलों की खुशबू तैरती आ रही है, मन कुछ प्रफुल्लित-सा लग रहा है। लालमोहन बाबू आ-आ-आ करते हुए एक शास्त्रीय धुन साधने की कोशिश में बेलगाम हो एकदम से बेसुरे हो गए। ऐसे में देखा, गेस्ट हाउस की तरफ से कोई हमारी ही तरफ बढ़ा आ रहा है। जब वह थोड़ा और नजदीक आए तो हमने पहचाना। शुभंकर बोस। जटायु गाना छोड़कर तनकर खड़े हो गए। फुसफुसाकर बोले, "तुम्हारे भाई साहब रहते तो अच्छा होता।"

"आपलोग भी टहलने निकले हैं?"

शुभंकर बाबू में संकोच का लक्षण हमने गौर किया। दो-एक बार गला खखारा, तीन बार पीछे की ओर नजर दौड़ाई, फिर दो कदम आगे बढ़कर दबी आवाज में बोले, "वो—आप लोग क्या नीली कमीजवाले बंगाली सज्जन को जानते हैं?"

इनके सम्मुख लालमोहन बाबू का बहरापन चल नहीं सकता क्योंकि पहले काफी गुफ्तगू कर चुके हैं। कहा, "नहीं तो। क्यों, क्या उन्होंने कहा कि वे हमें जानते हैं?"

शुभंकर बोस फिर पीछे ताककर बोले, "वह व्यक्ति, मेरा मतलब है, अजीब है। कह रहा था एलोरा पहली बार आया है। आर्ट में रुचि है। फिर भी कैलास को देखकर एक बार भी उसकी तारीफ नहीं की, न ही विस्मित हुआ। जबकि मेरा यह दूसरी बार है और पहली बार की तरह मैं इस बार भी रोमांचित महसूस कर रहा हूँ। अगर अच्छा नहीं लगता तो आने की जरूरत ही क्या है, इस नाटक की क्या जरूरत?"

हम दोनों चुप। क्या यही बोलने आए थे महाशय?

करीब के किसी पेड़ से झींगुरों ने अपना गीत शुरू किया। ऐसा लग रहा है मानो यह छोटा-सा शहर गहरी नींद में समा गया है, जबकि अभी सिर्फ दस बजे हैं।

"हाँ, इस बीच अखबार पढ़ा आपलोगों ने?" शुभंकर ने प्रश्न किया।

"क्यों, क्या बात है?" जटायु ने पूछा।

"भारतवर्ष की कलात्मक सम्पदा को लेकर धन्धा शुरू हुआ है। मन्दिरों से मूर्तियाँ गायब हो रही हैं।"

"सचमुच? यह बात तो पता नहीं थी। गलत बात है! छि: छि:।"

लालमोहन बाबू का यह अभिनय उतना परिपक्व नहीं था, इसीलिए मैं जरा झेंप रहा था। पर शुभंकर बोस का ध्यान इस ओर नहीं था। एक कदम और आगे बढ़कर बोले, "वह महाशय वैसे गेस्ट हाउस से निकल चुके हैं।"

"कौन महाशय?"

"मिस्टर मल्लिक।"

"निकल चुके हैं?"

हम दोनों ने साथ ही प्रश्न किया। सचमुच फेलूदा का इस वक्त यहाँ रहना जरूरी था।

"चलेंगे एक बार?" शुभंकर बोस की आँखें चमक रही थीं।

"अभी? कहाँ?" लालमोहन बाबू का कंठ सूखने लगा था।

"गुफा की ओर।"

"वहाँ पहरा नहीं है?" लालमोहन बाबू ने पूछा।

"है, पर चौंतीस गुफाओं के लिए सिर्फ दो पहरेदार। समझ रहे हैं न...। वह आदमी एक बैग लेकर घूमता है—गौर किया होगा आपने? वह और आपके बँगले का वो हिप्पी जैसा आदमी—दोनों ही बैग लिए घूमते हैं। उसके भी लक्षण ठीक नहीं। कौन है, कुछ जान पाए हैं?"

लालमोहन बाबू कुछ विचित्र-सी हरकत करते-करते सँभल गए।

"वे? वे तसवीरें खींचते हैं। फर्स्ट क्लास की। कुछ हमें दिखाया। एलोरा की तसवीरें खींच रहे हैं। चुंग-किंग की किसी पत्रिका के लिए।"

बँगले से कौन निकला? मिस्टर रक्षित? एक हाथ में लाठी, दूसरे में टॉर्च, बदन पर विशाल बरसाती। सज्जन लालमोहन बाबू के पास आकर उनके कान में 'ऑफ्टर डिनर वॉक ए माईल!' कहकर हँसते हुए गेस्ट हाउस की दिशा में बढ़ गए।

शुभंकर बोस भी 'गुड नाइट' कहकर रक्षित की राह पर चल दिए। लालमोहन बाबू ने तुनककर कहा, "एक मील चलने को क्यों कहा उस आदमी ने बताओ तो?"

मैंने कहा, "शायद हाजमा अच्छा हो इसीलिए।...चलिए, अब तो बँगला खाली है, फेलूदा को ढूँढ़ा जाए। उन्हें सारी जानकारी देनी जरूरी है। सबलोग गुफा की ओर जा रहे हैं। मामला कुछ ठीक नहीं लग रहा।"

हम दबी हुई उत्तेजना लिए बँगले में गए। मिस्टर बोस का कहना सच था या झूठ, नहीं जानता। पर मन कह रहा था एक बार गुफा की तरफ जाना चाहिए। अगर कुछ होना होगा तो वह इस रात में ही घटेगा। अब भी कुछ रोशनी है। आसपास अगर कोई होगा भी तो दिख जाएगा।

बँगले के अन्दर अँधेरा था। बाहर चौकीदार के कमरे में शायद लालटेन जल रही थी। और कहीं कोई रोशनी नहीं। कोई आवाज भी नहीं।

रक्षित का कमरा बन्द होगा यह तो पता था, पर फेलूदा का कमरा क्यों बन्द है? तथा दरवाजे के नीचे अन्दर जल रही कोई रोशनी भी नहीं दिख रही। क्या वह साढ़े दस बजे ही सो गए?

बरामदे की तरफ कमरे की खिड़की है। दबे पाँव उधर गया। खिड़की के पर्दे बन्द थे। पर्दा हटाकर धीमे-से दो बार फेलूदा को पुकारा। कोई जवाब नहीं। अगर वह बाहर गए भी होंगे तो सामनेवाले

दरवाजे से नहीं गए। तो क्या चौकीदार के कमरे की तरफवाली खिड़की से निकल गए?

हम वापस अपने कमरे में आ गए। बत्ती जलाते ही खिड़की के नीचे फर्श पर पड़े कागज पर नजर पड़ी। उस पर फेलूदा के लिखे तीन शब्द दिखे—

'कमरे में रहना।'

"एक बात कहूँ तुम्हें?" लालमोहन बाबू बोले, "अब लेकिन तुम्हारे भाई साहब ही हमें ज्यादा चिन्ता में डाल रहे हैं। वैसे ही अब मैं इस सबमें कोई विशेष रहस्य नहीं ढूँढ़ पा रहा, पर तुम्हारे भाई साहब की सारी गतिविधियाँ कदम-कदम पर क्रमश: रहस्यमय हुई जा रही हैं।"

फेलूदा ने कमरे में रहने को कहा है, पर खुद कब तक लौटेंगे यह नहीं बताया। अत: जब तक वे लौटकर नहीं आते तब तक हमारे सोने का कोई प्रश्न ही नहीं। क्या करूँ, आधा घंटा किसी तरह लालमोहन बाबू के साथ 'काट-कूटी' खेलकर काटा। फिर लालमोहन बाबू ने कहा वे अपने नवीनतम उपन्यास का प्लॉट मुझे सुनाएँगे। इस बार एक नए अन्दाज वाली फाइट उन्होंने इंट्रोड्यूस किया है। हीरो के हाथ-पाँव बँधे हुए हैं पर वह सिर्फ अपने सिर से विलेन को घायल कर डालता है।

'सिर से' का तात्पर्य बुद्धि से है या शारीरिक आघात से, ये पूछने ही वाला था कि फेलूदा आ गए। हम दोनों चुप क्योंकि हम जानते हैं, उन्हें आग्रह होगा तो खुद बताएँगे। पूछने से कोई फायदा नहीं।

फेलूदा गम्भीर आवाज में बोले, "लालमोहन बाबू, और बार की तरह इस बार भी आपके साथ कोई अस्त्र है क्या?"

यहाँ बता दूँ कि लालमोहन बाबू को अस्त्र-संग्रह करने की लत है। सोने के किलेवाले मामले में उनके साथ एक कटार थी, तथा

अटैची-रहस्य के वक्त एक बूमरेंग। फेलूदा का प्रश्न सुनकर उनकी आँखें जगमगाने लगीं। कहा, "इस बार मेरे पास है एक बम!"

"बम?" मैं और फेलूदा एक साथ उछल पड़े। बात थी भी अविश्वसनीय।

"बम!"

लालमोहन बाबू अपने सूटकेस की तरफ बढ़ गए थे—"हमारे मुहल्ले के द्विजेन तरफदार का लड़का सेना में है। मार्च महीने में आया था वह। उसने ही इसे लाकर मुझको दिया और बोला, काका बाबू देखिए क्या लाया हूँ आपके लिए! बड़े-बड़े युद्धों में इस्तेमाल होता है—वह लड़का मेरी कहानियों का भक्त है।"

एक मझोले आकार के टॉर्च जितनी लम्बी भूरे रंग की भारी पाइपनुमा चीज अपने सूटकेस से निकालकर लालमोहन बाबू ने फेलूदा को थमा दी। उसको अच्छी तरह से देखने के बाद फेलूदा ने कहा, "इसे मेरे पास ही रहने दीजिए। इसका आपके पास रहना घातक हो सकता है।"

"बता सकते हैं कितने मेटागन का होगा?"

दरअसल सही शब्द है मेगाटन, तथा उसका इस्तेमाल होता है एटम बम की ताकत आँकने के लिए। एक मेगाटन का अर्थ होता है दस लाख टन। फेलूदा ने लालमोहन बाबू के प्रश्न को अनसुना कर बम को अपनी झोली में रखते हुए कहा, "एक बार निकलना चाहिए। सब निकले हैं। हमारे कमरे में बैठे रहने का कोई मतलब नहीं।"

हम डाक-बँगले से निकले, तब वक्त हो रहा है साढ़े ग्यारह। झींगुरों की चीख-पुकार अभी भी चल रही है। चाँदनी की लुका-छिपी चल रही है क्योंकि बादलों के टुकड़े आसमान पर छाए हुए हैं। गेस्ट हाउस के सिर्फ एक कमरे में रोशनी नजर आई। शायद उस अमेरिकन का कमरा है। हाँ, कौन किस कमरे में ठहरा हुआ है, मैनेजर से फेलूदा ने ये भी पता

कर लिया है। मल्लिक व शुभंकर लौटे या नहीं, ये पता नहीं चल पाया।

कुछ देर से रह-रहकर बादल गरज रहे थे। बड़ी सड़क पर ज्यों ही पहुँचे, जोरदार गर्जन सुनकर आसमान की तरफ देखा। पूरब की ओर आकाश गहराता नजर आया। "मारे गए। बारिश तो नहीं आ रही?" लालमोहन बाबू कह उठे ।

"इतनी गुफाएँ हैं, बारिश आ जाए तो छिपने के लिए जगह की कमी नहीं होगी।" फेलूदा बोले।

कैलास की तरफवाली चढ़ाई चढ़कर मन्दिर में प्रवेश करने के बजाय फेलूदा ने बाईं ओर वाला रास्ता पकड़ा। पर उस रास्ते भी ज्यादा दूर तक नहीं, थोड़ी दूर जाकर ही रास्ता छोड़कर पहाड़ी पर यूँ ही चढ़ना उन्होंने शुरू कर दिया। उनके कार्यकलापों के अनुभव से मैं समझ गया कि मुख्यद्वार के अलावा भी मन्दिर में जाने का कोई और मार्ग है या नहीं, वह ये देखना चाह रहे हैं। चारों तरफ झाड़ियाँ और छोटे-मोटे पत्थर के टुकड़े बिखरे पड़े हैं। चाँदनी रात होने के कारण इनसे विशेष असुविधा नहीं हो रही है।

फेलूदा अब दाहिनी ओर मुड़े। समझ गया जिधर से आए हैं उधर को ही लौट रहे हैं। पर रास्ते से नहीं बल्कि पहाड़ी के ऊपर से—रास्ते से काफी ऊपर।

थोड़ी दूर जाते ही फेलूदा अचानक रुक गए। उनकी निगाह दाहिनी ओर थी। हम भी रुककर उधर ही देखने लगे।

पश्चिम की तरफ दूर ऐसा लग रहा है, मानो जमीन पर एक रुपहला फीता बिछा दिया गया हो। दरअसल वह शहर जानेवाली सड़क है, जो चाँद की रोशनी में चमचमा रही है।

उस सड़क पर कोई व्यक्ति तीव्र गति से गेस्ट हाउस या डाक बँगले की तरफ बढ़ा जा रहा है। सड़क एक ही है।

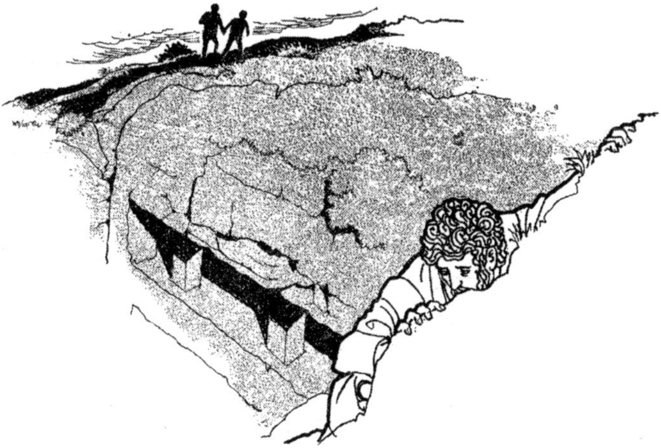

"क्या वह मिस्टर रक्षित नहीं हैं?" फुसफुसाए लालमोहन बाबू।

"कैसे समझा आपने?" दबी आवाज में पूछा फेलूदा ने।

"रक्षित बरसाती पहने हुए थे।"

बात सही कही लालमोहन बाबू ने।

एक मोड़ पार कर साया अदृश्य हो गया। हम आगे बढ़ने लगे।

खस्स...खस्स...खस्स...खस्स...!

एक विचित्र आवाज सुनकर हम फिर रुक गए। कहाँ से आ रही है आवाज?

फेलूदा बैठ गए। हम भी। सामने एक विशाल नागफनी की झाड़ी। हम उसके पीछे छिपे हुए हैं।

कुछ देर और होकर आवाज रुक गई। फिर सबकुछ निस्तब्ध हो गया।

ये क्या—चारों तरफ अचानक गहरा अँधेरा छा गया? आसमान की तरफ देखा तो काले बादलों ने चाँद को पूरी तरह ढक दिया था।

हम झाड़ के पीछे से निकलकर आगे बढ़ने लगे। थोड़ी दूर चलते ही दाहिनी ओर कैलास की खाई आ गई। खाई के पास ही...वो रहा मन्दिर। मन्दिर का कँगूरा इस वक्त ठीक हमारे बराबर ऊँचाई पर था। कँगूरे के ठीक पीछे काफी नीचे एक छत—उस पर खड़े हैं चारों तरफ देखते हुए चार सिर। वो नीचे, दूर दिख रहे हैं दोनों हाथी।

हम और आगे बढ़े। आवाज यहीं कहीं से आ रही थी यह तो हमें पता था, पर यहाँ सन्देहजनक कुछ भी नजर नहीं आया। शायद ही, पर अँधेरे में कुछ भी पता नहीं चल रहा था। मैं जानता हूँ फेलूदा कतई टॉर्च नहीं जलाएँगे क्योंकि फिर दूसरा या दूसरे जो भी हों, हमें देख लेंगे।

कैलास की खाई के बाद कुछ दूर जाकर एक और खाई है। यहाँ पन्द्रह नम्बर गुफा है। उसे पार कर हम उसके पासवाली गुफा की तरफ बढ़ आए हैं। अचानक फेलूदा रुककर सतर्क हो गए। फिर फुसफुसाए—

"टॉर्च जली है। पन्द्रह नम्बर गुफा में। उसकी वजह से रोशनी बाहर तक आ रही है।"

मैंने देखा ही नहीं। लालमोहन बाबू ने भी नहीं। पर फेलूदा की आँखों की बात ही अलग है।

हम साँस थामे करीब दो मिनट यूँ ही खड़े रहे। फिर फेलूदा ने एक निराली हरकत की। एक पत्थर की रोड़ी उठाकर उसे ऊँचाई से गुफा के सामनेवाले चबूतरे पर फेंका। टप्प से आवाज हुई।

फिर हमने गौर किया चबूतरा अचानक ज्यादा अन्धकारमय हो गया। मतलब टॉर्च बन्द हो गई। उसके ठीक अगले पल एक साया चोरों की तरह गुफा से निकला और भाग खड़ा हुआ।

"मिस्टर रक्षित हैं न?" फिर फुसफुसाए लालमोहन बाबू। साये को यद्यपि हम पहचान नहीं पाए, पर उसके जिस्म पर बरसाती नहीं है यह मैं भी समझ गया।

ठीक इसी क्षण मेरी जिन्दगी का सबसे रोमांचक मुहूर्त आ गया। इस बीच फेलूदा ने नीचे जाने का रास्ता भी निकाल लिया। रास्ता न कहकर उपाय कहना बेहतर होगा, थोड़ा उछलकर, थोड़ा घुटनों के बल, थोड़ा बन्दरों की तरह झूलकर, थोड़ा जमीन पर घिसटकर, देखते-ही-देखते वो नीचे गुफा के सामने पहुँच गए। दबी जुबान से लालमोहन बाबू बोले, "जासूसी फेल हो तो सरकस की नौकरी तो पक्की।" अगले ही पल फेलूदा गायब हो गए। यानी वे गुफा में दाखिल हो चुके थे। इधर मैं पसीने से तर-बतर था और आतंक से मेरे रोएँ खड़े हो गए।

करीब तीन मिनट (मानो तीन घंटा) बाद दुबारा फेलूदा दिखे। फिर उलटी कसरत शुरू हुई। ऊपर से नीचे के बजाय नीचे से ऊपर। एक हाथ में टॉर्च, कन्धे पर बैग तथा कमर में रिवॉल्वर लिए कैसे यह सब सम्भव होता है, यह वही बेहतर जानते हैं। ऊपर पहुँचकर हाँफते-हाँफते बोले, "इसका नाम है दसावतार गुफा। दो मंजिला। शानदार मूर्तियाँ हैं। अत्यन्त लुभावनी।"

"कौन था वह, कुछ समझ पाए?" डरते-डरते मैंने पूछा।

फेलूदा का चेहरा गम्भीर हो उठा। कहा, "जितना सहज हमने सोचा था, उतना है नहीं। उलझा हुआ है, रहस्य है। और दिमाग लड़ाना पड़ेगा।"

पहाड़ से उतरकर समझ गया कि तहकीकात अभी तक खत्म नहीं हुई। फेलूदा कैलास के सामने जाकर पहरेदार से मिले। पूछने पर उसने बताया पिछले एकाध घंटे से उसने किसी प्रकार की कोई गड़बड़ी होते नहीं देखी। हालाँकि जहाँ वह चहलकदमी कर रहा था वहाँ से खाई का ऊपरी हिस्सा नजर नहीं आता; मन्दिर के कँगूरे से छिप जाता है।

"कोई आवाज सुनी?" फेलूदा ने पूछा।

नहीं, उसने कोई भी आवाज नहीं सुनी। वैसे भी रह-रहकर बादल गरज रहे हैं, कहाँ से सुनेगा आवाज?

"क्या मन्दिर के भीतर एकबार देख सकते हैं?" जानता था, वह नहीं कहेगा, तथा उसने वही कहा भी।

"नहीं बाबू, ऑर्डर नहीं है।"

लौटते समय बँगले के करीब आकर अजीबोगरीब दृश्य दिखा। हम पूरब की ओर से आ रहे थे। बँगले के पूरब की दीवार पर दो खिड़कियाँ हैं—एक रक्षित के कमरे की, दूसरी फेलूदा की। फेलूदा के कमरे में अँधेरा है। पर रक्षित के कमरे में जैसे रोशनी का तांडव चल रहा था। यह तो समझ में आ रहा था कि वह टॉर्च की रोशनी है, पर वह पागलों की तरह इधर-उधर क्यों नाच रही है ये नहीं समझ पाए। एक बार खिड़की की तरफ भी आई। समझ गए कि वह गेस्ट हाउस की तरफ डाली गई है। झाड़ियों वगैरह पर से घूम-फिरकर रोशनी वापस कमरे में समा गई। फेलूदा ने दबी जुबान से टिप्पणी की—"हाइली इंटरेस्टिंग।"

हम चुपचाप बँगले की तरफ बढ़ गए। बूँदा-बाँदी आरम्भ हो चुकी थी। चारों तरफ दमघोंटू अँधेरा था।

8

अकसर मैंने देखा है कि हमारा एडवेंचर कब किस राह पर हमें आगे ले जाएगा, यह समझना पहले से मुश्किल होता है। कुछ दूर हमारे अनुमान के मुताबिक चलता तो है, फिर अचानक ऐसा कुछ घटित हो जाता है कि सारे रास्ते कुछ और ही मोड़ लेने लगते हैं। फेलूदा चूँकि ठंडे दिमाग के इनसान हैं इसलिए बाधाओं के आगे खड़े होकर भी, प्रतिकूल परिस्थितियों में

पड़कर भी विभ्रान्त नहीं होते। पर आज किसी विषय पर उन्हें काफी असन्तुष्ट होते देखा।

पिछली रात कैलास के ऊपर जाकर जो आवाज हमें सुनाई पड़ी थी, उस मामले की तह तक जाने के लिए हमने तय किया कि आज भोर के वक्त ही कैलास जाएँगे। रात को सोते वक्त फेलूदा ने अपना मेकअप उतार दिया था। आज तड़के हमसे भी पहले उठकर वे तैयार हो चुके हैं और मैंने भी अपनी माँग दाहिने काढ़ रखी है। लालमोहन बाबू भी मेकअप करने के प्रबल आग्रही थे। पर फेलूदा के रोक देने से चुप हो गए। सूर्योदय के साथ ही गुफाएँ खोल दी जाती हैं, लोग जाकर दर्शन कर सकते हैं। साढ़े पाँच बजे चाय पीकर रवाना हुए तथा छह बजने से पहले वहाँ पहुँचकर बाहर बड़ी-बड़ी गाड़ियों की कतार और लोगों की भीड़ देखी तो हक्का-बक्का रह गए।

जरा और करीब गए तो मामला समझ में आ गया। फिल्म कम्पनी आई है, कैलास में शूटिंग करने! एक बार विक्टोरिया मेमोरियल के सामने शूटिंग देखी थी। उसी वक्त रिफ्लेक्टर नामक वस्तु को पहचान लिया था। यहाँ वही रिफ्लेक्टर वगैरह देखकर समझ में आ गया कि शूटिंग होगी। फेलूदा बोले, "बेड़ा गर्क—इन्हें और कोई जगह नहीं मिली? हार कर कैलास की अंत्येष्टि करने आ पहुँचे?"

पूछने पर मालूम हुआ कि बम्बई से टीम आई है, हिन्दी फिल्म की शूटिंग है। अभिनय करनेवालों में से कोई नहीं पहुँचा है, बाकी सारे तकनीकी काम करनेवाले अधिकतर आ पहुँचे हैं।

एक जवान लड़के की पतलून की जेब से निकली बांग्ला फिल्म पत्रिका देखकर लालमोहन बाबू ने उसे बुलाया और पूछा, "कौन-सी फिल्म है भाई?" लड़के ने कहा, "करोड़पति।"

"कौन-कौन पार्ट कर रहे हैं?"

"टॉप कास्टिंग। आ रहे हैं रूपा, अर्जुन मेहरोत्रा और बलवन्त चोपड़ा। हीरोइन, हीरो और विलेन।"

अर्जुन का नाम सुनते ही लालमोहन बाबू तनकर खड़े हो गए। पूछा, "गाने की शूटिंग होगी क्या?"

"ना। फाइट। स्टंटमैन, डबल—सब आ चुके हैं। हीरो विलेन का पीछा करता है, विलेन गुफा से मन्दिर के अन्दर जा छुपेगा।"

"और हीरोइन?"

"हीरोइन बगलवाली एक गुफा में है। वहाँ विलेन उस पर हमला करेगा। हीरो आएगा, विलेन आएगा। मन्दिर की चोटी पर क्लाइमैक्स की शूटिंग होगी।"

"चोटी पर!"

"चोटी पर।"

"निर्देशक कौन है?"

"मोहन शर्मा। पर इस शूटिंग में उपस्थित रहेंगे फाइट मास्टर अप्पा राव।"

और पूछने पर पता चला शूटिंग शुरू होते-होते दस बजेगा, फिर दोपहर तक काम खत्म। मतलब आज के दिन कैलास इन्हीं के कब्जे में रहेगा।

"ताज्जुब है!" फेलूदा ने कहा, "यह अनुमति किस तरह मिल पाई जानने की इच्छा होती है। रुपया क्या कुछ नहीं करता!"

अन्दर न जा पाकर कल रात जहाँ पहाड़ के ऊपर खाई के पास तक गए थे, उम्मीद है, वहाँ जाने में कोई दिक्कत नहीं होगी। यह सोचकर कैलास के बाईं तरफ से हम ऊपर चढ़ने लगे।

पर यहाँ भी उम्मीद पर पानी फिर गया। हमसे पहले ही फिल्म

कम्पनी के कुछ लोग यहाँ भी हाजिर थे। उनमें से एक शायद कैमरामैन था क्योंकि वह अपनी दाईं हाथ की अँगुलियों का फ्रेम बनाकर आँखों के सामने करके मन्दिर की चोटी की तरफ देख रहा था। मन्दिर के भीतर अब तक कोई दाखिल नहीं हो पाया था। हम जब नीचे थे, तभी पता चल गया था कि अनुमति-पत्र दूसरी गाड़ी से आ रहा है। जब तक पत्र नहीं देख लेता, तब तक पहरेदार किसी को भी अन्दर नहीं जाने देगा।

फेलूदा जीभ से एक विरक्तिसूचक आवाज निकालते हुए बोले, "समय नष्ट करके कोई लाभ नहीं। ये लोग हमारा काम बिगाड़ने ही आए हैं। चल, एक बार पन्द्रह नम्बर वाली गुफा में चलते हैं—सुन्दर मूर्तियाँ हैं। इस उग्र परिवेश में फिल्म कम्पनीवालों का कचर-कचर असह्य लग रहा है।"

हम जिधर से चढ़े थे, उसकी उलटी तरफ से उतरते हुए पन्द्रह नम्बर गुफा की ओर बढ़े, तो देखा मेन रोड से एक पीले रंग की विशाल अमेरिकन गाड़ी कैलास की तरफ आ रही है। समझ गए कि हीरो, हीरोइन, विलेन व फाइट डाइरेक्टर आ पहुँचे हैं।

पन्द्रह नम्बर गुफा है दसावतार गुफा। उसके सामने पहुँचने से पहले ही दो अवतारों के दर्शन हो गए। एक हैं मिस्टर रक्षित तथा दूसरे मिस्टर लुईसन। गुफा के द्वार पर खड़े होकर दोनों वार्तालाप कर रहे हैं। इनमें दूसरे जने काफी उत्तेजित मुद्रा में लगे। हमारे करीब आते ही वार्तालाप बन्द हो गई, तथा अमेरिकन सज्जन—'आई सी नो प्वाइंट इन माई स्टेईंग हियर एनी लॉन्गार' कहते हुए हमारे पास से बाहर की तरफ को चल दिए।

मिस्टर रक्षित गरदन झटकाते हुए हमारी तरफ बढ़े तथा कड़वी हँसी हँसते हुए बोले, "यहाँ की व्यवस्था को लेकर शिकायत कर रहा था। कह रहा था, अंडा तक यहाँ ठीक से नहीं तल सकते, और उम्मीद

करते हैं कि हमलोग यहाँ आकर डॉलरों की बरसात करेंगे। पैसों की गरमी, और क्या!"

फेलूदा बोले, "आश्चर्य है। सुना था कला के कदरदान हैं, और यहाँ आकर उन्हें बस तला हुआ अंडा सूझा?"

लालमोहन बाबू बोले, "अमेरिका में अंडा कैसे तलते हैं जनाब?"

रक्षित कुछ जवाब देने को हुए पर जाने क्या सोचकर चुप रह गए। कैलास की तरफ से आई एक वीभत्स चीख ने हम सबके होश उड़ा दिए। अगले ही पल लालमोहन बाबू खुद को कुछ संयत कर उछल पड़े—"अरे फाइट शुरू हो गया है जनाब! विलेन चीख रहा है!"

चीख के बाद और भी काफी शोरगुल शुरू हो गया। अलग-अलग आवाजें आने लगीं। फाइट में इतने लोग क्यों चीखेंगे भला? हम अफरा-तफरी में फेलूदा के पीछे-पीछे कैलास की तरफ बढ़ने लगे। इतनी व्यस्तता, गोलमाल किसलिए?

जब गेट के पास पहुँचे तो देखा चार-पाँच लोग मिलकर एक बैंगनी हवाइयन शर्ट पहने व्यक्ति को पीलीवाली गाड़ी की तरफ उठाए लिए जा रहे हैं, फिर निकल आए हीरो, हीरोइन और विलेन। तीनों के ही चेहरे काफी परिचित। रूपा अर्जुन के कन्धे पर टेक लगाए आ रही है, तथा बलवन्त इनके साथ ही सिर झुकाए एक हाथ से रूपा के कन्धे पर सांत्वना दिए जा रहा है। जैसे ही वही बंगाली लड़का फिर दिखा, हम चारों उसकी तरफ बढ़ गए।

"अरे क्या हुआ भाई?" लालमोहन बाबू ने पूछा।

"लाश पड़ी हुई है मन्दिर के पीछे...वीभत्स मामला...हाड़-वाड़ सब..."

"उठाकर किसे ले गए?"

"अप्पा राव। उन्होंने ही सबसे पहले देखा। और देखते ही...।"

फेलूदा और रक्षित पहले ही मन्दिर में दाखिल हो चुके थे। अब हम दोनों भी गए। फिल्मवाले सब निकल रहे थे। हम समझ गए शूटिंग अब नहीं होगी।

मन्दिर के बाईं तरफवाले गलियारे से हम आगे बढ़े। दाहिनी तरफ कैलास के निचले हिस्से में कतारबद्ध रूप में हाथियों व सिंहों की मूर्तियाँ; मानो उन्होंने ही मन्दिर का सारा भार अपने कन्धों पर उठा रखा है। सामने एक मोड़ है। शायद वहीं घूमकर दाहिनी ओर लाश पड़ी है क्योंकि वहाँ कुछ लोग भीड़ करके नीचे की ओर ताक रहे हैं। हमारे पहुँचने से पहले ही मिस्टर रक्षित भीड़ से निकलकर हमारी तरफ आए और कहा, "उधर मत जाइएगा। भयानक मामला है।" उधर जाने को बहुत आग्रही था, ऐसी बात नहीं थी क्योंकि इस तरह के खून खराबेवाले दृश्य मैं देख नहीं सकता। फिर भी कौन मरा है यह जानने का स्वाभाविक कुतूहल तो था, और उस कुतूहल को शान्त कर दिया फेलूदा ने। मिस्टर रक्षित के निकल आने के ठीक एक मिनट बाद फेलूदा भी लौट आए और कहा, "शुभंकर बोस। लगता है पहाड़ के ऊपर से सीधे आ गिरे हैं पथरीली जमीन पर।"

उधर लालमोहन बाबू को मैंने बुदबुदाते सुना—"आश्चर्य है, ठीक इसी प्रकार मरने की बात है घनश्याम करकट की।"

फेलूदा फिर बाहर की तरफ चल दिए। हम दोनों उनके पीछे। मिस्टर रक्षित आगे बढ़ चुके थे। हमें आते देख, रुक गए और बोले, "कल रात जब मैं टहलने निकला था, तभी देखा, वे पहाड़ पर चढ़ रहे थे। मैंने मना भी किया था। उन्होंने मेरी बातों को महत्त्व ही नहीं दिया। क्या तब मैं जानता था कि वह आदमी आत्महत्या करने जा रहा था?"

मिस्टर रक्षित चले गए। एक नई वह बात जरूर कर गए। आत्महत्या

की बात तो मैंने सोची ही नहीं। फेलूदा ने जैसे मिस्टर रक्षित की बातों की परवाह किए बगैर दुबारा बाईं तरफ से कैलास पर चढ़ना शुरू कर दिया।

आधा घंटा पहले तक खाई के पास लोगों की भीड़ लगी हुई थी, अब कोई वहाँ भी नहीं था। मन-ही-मन सोचा, शुभंकर बोस मरकर हमारा काम आसान कर गए।

उधर फेलूदा निहायत ही लापरवाही से आगे बढ़कर खाई के किनारे मन्दिर के पीछे-पीछे से गरदन बढ़ाकर, जहाँ लाश पड़ी है, देखने लगे। अन्दाजन शुभंकर बोस जहाँ से गिरे होंगे, ऐसा अनुमान कर, वह खाई के आसपास की जगह को बारीकी से देखने लगे।

जमीन में एक गड्ढा नजर आया। लोगों के कदमों तले वह कुछ दब-सा गया है। पर बैग से नापनेवाला स्केल निकालकर जब फेलूदा ने उसमें डाला तो वह करीब डेढ़ हाथ अन्दर घुस गया। गड्ढा खाई से करीब तीन हाथ की दूरी पर था। अब फेलूदा गड्ढे के ठीक सामनेवाली खाई के किनारे की जमीन की परीक्षा करने लगे। मैं और लालमोहन

बाबू देखे जा रहे हैं तथा समझ भी रहे हैं कि किस चीज ने फेलूदा का ध्यानाकर्षण किया है।

खाई के किनारेवाली जमीन पर एक कटाव-सा बना हुआ है।

"कुछ समझ में नहीं आया, तोपशे?" फेलूदा ने पूछा। मुझे चुप देखकर उन्होंने खुद ही कहना शुरू किया—"यह रस्सी का दाग है। एक मोटी लोहे की छड़ जैसी कोई चीज जमीन में गाड़कर उसमें रस्सी बाँधकर उसके सहारे कोई खाई में उतरा होगा या किसी ने उतरने की कोशिश की होगी। कल रातवाली 'खस्स खस्स' आवाज याद है? वो रस्सी के ऊपर खिंचने की आवाज थी। सामने से प्रवेश का कोई उपाय न देखकर, पीछे से घुसने की व्यवस्था की होगी।"

लालमोहन बाबू बोले, "पर अगर रस्सी होगी तो...सौ फुट...मनुष्य जिसके सहारे उतरेगा...बहुत ही सशक्त रस्सी होगी।"

"नाइलॉन की रस्सी! हल्की, पर बहुत ही मजबूत।" फेलूदा बोले।

मैंने कहा, "इसका मतलब हुआ कि शुभंकर बोस के अलावा एक और आदमी था!"

"नैचुरली। उसी आदमी ने रस्सी ऊपर खींची, धड़ व रस्सी दोनों को ठिकाने लगाया। वो शुभंकर बोस का शत्रु था या मित्र था, यकीनन इस वक्त बताया नहीं जा सकता। पर एक वजह है जिससे उसके शत्रु होने की ही ज्यादा सम्भावनाएँ हैं।"

हम फेलूदा की तरफ देखने लगे। फेलूदा ने अपनी कमीज की जेब में हाथ डालकर एक छोटी-सी चीज निकाली और अपनी हथेली पर रखकर हमारी तरफ बढ़ा दिया।

एक फटे हुए कपड़े का टुकड़ा। नीला कपड़ा। किसे देखा था हमने कल नीली कमीज पहने?

मिस्टर जयन्त मल्लिक।

"कहाँ मिला आपको यह?" काँपती आवाज में मैंने पूछा। फेलूदा ने कहा, "मुँह के बल पड़ा हुआ था शुभंकर बोस। दोनों हाथ फैलाए हुए। बाएँ हाथ की मुट्ठी बन्द। दो अँगुलियों के बीच यह टुकड़ा फँसा हुआ था। दोनों के बीच खाई के किनारे गुत्थमगुत्थी हुई होगी। शुभंकर ने कमीज धर दबोची होगी। फिर गिर गया है। टुकड़ा फटकर हाथ में आ गया है।"

"क्या ऊपर से धकेलकर नीचे गिरा दिया था?" लालमोहन बाबू ने प्रश्न किया—"मतलब कि यह तो म-मर्डर!"

फेलूदा लालमोहन बाबू की बात पर कोई भी टिप्पणी किए बिना काफी गम्भीरता से बोले, "एक बात माननी पड़ेगी—कैलास अभी भी अछूता है, तथा इसके लिए जिम्मेदार हैं शुभंकर बोस। वे मारे गए उसी वजह से मूर्ति चोर बिना चोरी किए ही भाग निकला। तथा इसके साथ ही लालमोहन बाबू की भविष्यवाणी भी फल गई। कैलास में सचमुच ही लाश मिल गई!

9

खाई के ऊपर से जब तक हम नीचे आए, इस बीच फिल्म कम्पनीवाले सब जा चुके थे। उनकी जगह अब स्थानीय लोगों की भीड़ उमड़ पड़ी है। तथा अमेरिकन गाड़ी के स्थान पर अब खड़ी है एक जीप। एक पैंतीस के आसपास उम्रवाले स्मार्ट से सज्जन फेलूदा को देखते ही आगे बढ़ आए। यही हैं मिस्टर कुलकर्णी—टूरिस्ट गेस्ट हाउस के मैनेजर। फेलूदा के साथ अँग्रेजी में वार्तालाप हुआ।

उन्होंने कहा, "कल रात जो मिस्टर बोस नहीं लौटे उनका पता आज भोर में चला। एक बेयरे को भी मैंने उनको ढूँढ़ने भेजा था। वह बिना पाए हताश लौट आया।"

"क्या इन्तजाम किया जा रहा है अभी?" फेलूदा ने पूछा। कुलकर्णी ने कहा, "औरंगाबाद सूचना भेज दी गई है। सी.डी. वैन आ रही है, लाश चीरघर ले जाएँगे। मिस्टर बोस के भाई हैं दिल्ली में। लाश की शिनाख्त करने के लिए उन तक खबर भेजी जाएगी।...वेरी सैड! वाकई पंडित व्यक्ति थे। पहले भी आए थे एक बार—सिक्सटी-एइट में। गेस्ट हाउस में ही ठहरे थे। एलोरा पर किताब लिख रहे थे।"

"यहाँ कोतवाली नहीं है?"

"एक पुलिस आउटपोस्ट है। छोटी जगह है न! चार्ज में एक असिस्टेंट सब-इन्स्पेक्टर हैं, मिस्टर छोटे। फिलहाल लाश का मुआयना कर रहे हैं।"

"मेरे साथ परिचय करवा सकेंगे?"

"सर्टेनली!...अरे हाँ"

कुलकर्णी कोई राज की बात कहने जा रहे थे, पर हम दो अजनबियों को देख संकोच कर गए। फेलूदा ने कहा, "आप इनके सामने कह सकते हैं। आश्वस्त होकर कुलकर्णी ने कहा, "आज सुबह बम्बई एक ट्रंक कॉल किया गया।"

"मल्लिक?"

"हाँ।"

"बातचीत कुछ नोट की आपने?"

जेब से कागज की एक पर्ची निकालकर उसमें से पढ़ते हुए कुलकर्णी बोले, "लड़की ठीक है। आज रवाना हो रहा हूँ।"

‘लड़की ठीक है, आज रवाना हो रहा हूँ।’ फिर वही लड़की का मामला।

“जाने की बात कुछ कही उसने?” दबी हुई उत्तेजना के साथ फेलूदा ने प्रश्न किया।

कुलकर्णी ने कहा, “वह तो आज सुबह ही निकल लेना चाह रहे थे। पर आपकी बात ध्यान में रखकर मैंने एक चाल चली और ज़ाना स्थगित करवा दिया। उसके ड्राइवर को जरा बख्शीश दी। उसने कह दिया, डिफरेन्शियल में गड़बड़ी है—बनाने में समय लगेगा।”

“शाबाश! आपने बहुत ही सूझबूझ का काम किया है।”

अपनी तारीफ सुनकर कुलकर्णी की आँखें खुशी से बल्ब की तरह चमक उठीं। एक चारमीनार सुलगाते हुए फेलूदा बोले, “अच्छी बात, आपका ये छोटे—आदमी कैसा है?”

“भला आदमी। पर मन मारे रहता है हमेशा। यह जगह उसे अच्छी नहीं लगती। कब प्रमोशन होगा, औरंगाबाद पोस्टिंग होगी, यही दिन गिन रहा है।...आइए न, परिचय करवा दूँ।”

मिस्टर छोटे गुफा से निकल आए हैं। आसपास ही हैं, उन्हें बुलाकर कुलकर्णी ने फेलूदा का ‘विख्यात प्राइवेट डिटेक्टिव’ कहकर परिचय करवाया। भले आदमी, कद में साढ़े पाँच फुट, चौड़ाई भी शायद उसी के आसपास होगी। ऊपर से चार्ली चैप्लिन की तरह मूँछ रखे हुए। पर भारी बदन है तो क्या हुआ, चाल-ढाल एकदम चुस्त।

छोटे से बातचीत शुरू होने से पहले ही फेलूदा ने हमसे कहा, “तुम लोग बँगले पर लौट जाओ—मैं उनसे परिचय निपटाकर पहुँच रहा हूँ।”

क्या करते! लौट गए बँगले पर। भोर में बस चाय पीकर निकले थे, भूख भी जोरदार लग रही थी। बरामदे में ही पुकारकर चौकीदार से हम दोनों के लिए अंडा-डबलरोटी लाने को कह दिया।

कमरे में लौटकर देखा लालमोहन बाबू कैसे बुद्धू की तरह बिस्तर पर बैठे हैं। मुझे देखते ही पूछा, "निकलते वक्त हम क्या दरवाजा बन्द कर गए थे?"

मैंने कहा, "नहीं। लेने लायक है भी क्या, बताइए। इसके अलावा ये लोग तो रोज सुबह कमरों की सफाई करते ही हैं। क्यों, कुछ खो गया है क्या?"

"नहीं, पर सारी चीजें कैसे अस्त-व्यस्त पड़ी हैं। मेरे बिस्तर पर बैठकर मेरे बक्से के सामानों की छेड़छाड़ की है। वह भी कुछ देर पहले। बिस्तर अभी भी गरम है। तुम जरा अपना बक्सा देखना।"

सूटकेस खोलते ही समझ गया किसी ने उससे छेड़छाड़ की है। जो सामान जहाँ था, वहाँ नहीं है। सिर्फ बक्से ही नहीं, तकिये वगैरह भी टटोले गए हैं, यहाँ तक कि खाट के नीचे तक किसी ने देखा है, ये मेरे चप्पलों के बिखरे हुए जोड़े से जाहिर है।

लालमोहन बाबू बोले, "सबसे ज्यादा डर किस चीज का था जानते हो? मेरी नोटबुक। उसे नहीं ले गए।"

"कुछ और ले गए हैं क्या?"

"कहाँ, कुछ ले गए हैं, ऐसा लग तो नहीं रहा। तुम्हारा?"

"मेरा भी नहीं। कुछ भी नहीं ले गए। जो आया था वह कुछ विशेष ढूँढ़ने आया था। वह उसे मिला नहीं।"

"एक बार चौकीदार से क्यों न पूछा जाए?"

पर चौकीदार से पूछकर कोई फायदा नहीं हुआ। वो बाजार गया था, तभी कोई आया होगा। यहाँ कभी भी कोई चोरी नहीं हुई। अत: कोई बाहरवाला आकर यहाँ सेंध मार गया, ये उसके लिए बड़ी हैरानी की बात थी।

अचानक याद आया फेलूदा के कमरे में तो कोई नहीं घुसा। जाकर देखा उनके दरवाजे पर ताला लगा हुआ है। उसकी वजह भी है। चूँकि वो छद्मवेष धरे हुए हैं, अत: उन्हें अतिरिक्त सावधानी बरतने की जरूरत भी है। लालमोहन बाबू बोले, "एक बार मिस्टर रक्षित से भी पूछा जाए?"

कल रात खिड़की पर रोशनी के तमाशे के बाद से वैसे भी रक्षित को लेकर मेरे मन में कुछ कुतूहल पैदा हुआ था, सो लालमोहन बाबू के प्रस्ताव को मान हम दोनों ने उनके दरवाजे पर दस्तक दी। कुछ पल बाद ही दरवाजा खुल गया।

"क्या बात है? आओ अन्दर आओ।"

वे सज्जन हमें देखकर काफी प्रफुल्लित हुए होंगे—ऐसी बात नहीं, फिर भी जब उन्होंने कहा ही, तो हम अन्दर चले गए।

"आपके कमरे में भी कोई घुसा था?" घुसते ही लालमोहन बाबू की तरफ देखा, मैं समझ गया मामला ठीक नहीं है। भिंची हुई कड़वाहट से भरी आवाज में बोले, "आपसे कहकर तो कोई लाभ है नहीं क्योंकि आप कान से ऊँचा सुनते हैं, सो आपके भांजे से ही कहूँ। न सिर्फ कोई यहाँ घुसा, बल्कि मेरी बहुत ही काम की एक चीज भी उठा ले गया।"

"कैसी चीज?" मैंने डरते-डरते पूछा।

"मेरी बरसाती। विलायती बरसाती। आज पच्चीस वर्षों से मेरे पास थी।"

मँझले मामा चुप। बहरे बने रहे। मैंने जोर से चिल्लाकर उन्हें सारी बातें बताईं। लालमोहन बाबू बोले, "कल रात ही ले गया था क्या? रात देखा आप कुछ ढूँढ़ रहे थे। आपकी टॉर्च..."

"नहीं, कल रात एक चमगादड़ कमरे में आ घुसा था। बत्ती बुझाकर टॉर्च की रोशनी में उसे भगाने की कोशिश कर रहा था। कल मेरा कुछ भी नहीं खोया। आज सुबह गया है और मेरा विश्वास है यह सब किया है चौकीदार के उस लड़के ने।"

ये बातें भी चीखकर मँझले मामा को सुना दीं। उन्होंने कहा, "बड़ा अफसोस हुआ ये जानकर। लड़के पर नजर रखनी पड़ेगी अब से।"

इसके बाद कुछ भी नहीं था कहने को। उन्हें डिस्टर्ब करने के लिए क्षमा माँगकर हम कमरे से बाहर आ गए।

चौकीदार अंडा-रोटी ले आया, हम डाइनिंग हॉल में बैठे खाने लगे। अमेरिका में अंडे कैसे तलते हैं मैं नहीं जानता, पर हमारे इस खुल्दाबाद का अंडा फ्राई इस वक्त बहुत ही स्वादिष्ट लग रहा था। कमरे में कौन घुसा होगा यह सोच-सोचकर उलझन तो थी, पर अब लग रहा था कि हो-न-हो यह चौकीदार के लड़के की ही शरारत होगी। मैंने गौर किया कि अकसर वह बँगले के पश्चिमवाले मैदान में टहलता रहता है, और परदा सरकाकर हमारी तरफ छुपकर देखता भी है।

यद्यपि फेलूदा ने बँगले पर लौट जाने को कहा था, इसका मतलब कमरे में बन्द रहना पड़ेगा ऐसा कतई नहीं। दरवाजे पर ताला लगाकर हम बँगले के बाहर सड़क पर आ गए।

बँगले के ठीक सामने से गेस्ट हाउस नजर नहीं आता। एक अनजाना पेड़ बीच में खड़ा है। गाड़ी स्टार्ट होने की आवाज सुनकर हम जरा आगे बढ़े। अब गेस्ट हाउस नजर आने लगा है। औरंगाबाद से जो टैक्सी मिस्टर रक्षित व लुईसन को लेकर आई थी, वह जाने को तैयार है। छत पर सामान लादा जा चुका है। अमेरिकन करोड़पति मिस्टर लुईसन बेयरे को बख्शीश दे रहे हैं।

पर ये कौन हैं?

एक और व्यक्ति गेस्ट हाउस से बाहर निकल आया। हाथ हिला-हिलाकर लुईसन से बात कर रहा है। लुईसन ने दो बार सिर हिलाया। यानी अन्ततः किसी प्रस्ताव पर एकमत हुआ। दूसरा व्यक्ति दुबारा गेस्ट हाउस के अन्दर गया तथा एक सूटकेस लेकर बाहर आ गया। ड्राइवर

ने पीछे का डाला खोल दिया। बक्सा अन्दर। डाला बन्द। मेरे सीने की धड़कनें तेज से तेजतर। लालमोहन बाबू ने मेरे हाथ दबोच लिए।

जयन्त मल्लिक अपनी गाड़ी का इन्तजार न कर अमेरिकन के साथ भाग रहे हैं।

ड्राइवर अपनी सीट पर जा बैठा।

"चौकीदार की साइकिल!" चीख उठा मैं।

टैक्सी स्टार्ट होने की आवाज आई।

मैं बदहवास दौड़कर किसी भी तरह घसीटते हुए साइकिल बाहर ले आया।

"चढ़ जाइए।"

लालमोहन बाबू का चेहरा देखकर लगा वह जीवन में पहली बार साइकिल के पीछे सवार हुए हैं। मैं जानता हूँ और कोई हालात होते तो वे नहीं चढ़ते। पर अपराधी भाग रहा है, इसके अलावा कोई चारा नहीं।

टैक्सी जा चुकी है। मैं जान लगाकर पैडल मार रहा हूँ। जटायु मेरी कमर पकड़े बैठे हैं। सात साल की उम्र में मैंने साइकिल चलाना सीखा था। फेलूदा ने ही सिखाया था। आज काम आया।

बीस मिनट का रास्ता पाँच मिनट में हम पहुँच गए। वह रहे फेलूदा—वह रहे छोटे, कुलकर्णी।

"फेलूदा! मिस्टर मल्लिक भाग निकले—उस अमेरिकन की टैक्सी में—अभी पाँच मिनट हुए!"

उस एक सूचना की वजह से अगले कुछ पलों में कितना कुछ घट गया, अभी सोचते हुए भी सिर भन्नाता है। जरूरत पड़ने पर जीप भी साठ मील की रफ्तार से दौड़ सकती है, पहली बार जाना। मैं और जटायु पीछे दुबककर बैठे हैं। सामने ड्राइवर के साथ छोटे और फेलूदा। देखते-ही-देखते टैक्सी नजदीक आने लगी। फिर हॉर्न देते हुए हम उसके

आगे जाकर रुके। उसके बाद उस अमेरिकन का आँखें तरेरना, चुनिन्दा अमेरिकन गालियों का विस्फोट, मल्लिक का उड़ा हुआ चेहरा, एक बार बाधा देने की नाकाम कोशिश कर वापस दुबक जाना, फिर छोटे ने उसका सूटकेस खोला। सूटकेस में टर्किश तौलिए में लिपटा हुआ आखिरकार बाहर आ गया यक्षिणी का मस्तक। इसके साथ ही लालमोहन बाबू ने साँस ली और कहा, 'एंड्स वेल दैट ऑल्स वेल'। लुईसन का मुँह खुला-का-खुला रह गया। बस दो बार वो 'बट...बट' ही कह सका और उसे टैक्सी में औरंगाबाद रवाना कर दिया गया। और हम माल व मुजरिम समेत खुल्दाबाद लौट आए।

मल्लिक हालाँकि अब छोटे की देखरेख में है। अर्थात वे अभी खुल्दाबाद पुलिस आउटपोस्ट के मेहमान हैं। वे ऐसे जड़वत हो गए थे कि एक शब्द भी नहीं बोल पाए।

छोटे ने हमें गेस्ट हाउस में उतार दिया क्योंकि वहाँ कुलकर्णी बेताबी से इन्तजार कर रहे थे। 'मिशन सक्सेसफुल' सुनकर कुलकर्णी की खुशी का ठिकाना न रहा, पर फेलूदा ने उनके सारे उत्साह पर पानी फेरते हुए कहा, "अभी भी काम बाकी है।"

"इसके अलावा आप बम्बई के उस नम्बर के बारे में भी पूछताछ करेंगे, तथा खबर मिलते ही मुझे सूचित करेंगे।"

आखिरी निर्देश का ठीक अर्थ मैं समझ नहीं सका, वैसे इसे लेकर उतनी मगजपच्ची लायक कोई बात मुझे सूझी भी नहीं।

कुलकर्णी ने सबके लिए काफी मँगाई। कॉफी पीते-पीते खयाल आया कि हमारे कमरे में कोई आया था तथा रक्षित की बरसाती की चोरीवाली बात हमने फेलूदा को नहीं बताई। बताते ही कुछ देर के लिए वे विचारमग्न हो गए। फिर कुलकर्णी से पूछा, "चौकीदार किस तरह का आदमी है?"

"कौन, मोहनलाल? वेरी गुड मैन। सत्रह साल से चौकीदारी कर रहा है, कभी किसी ने उसके खिलाफ कोई शिकायत नहीं की।"

कुछ और सोचते हुए फेलूदा बोले, "कोई सामान नहीं ले गया, कह रहे हो?"

मैंने काफी आत्मविश्वास से ही इनकार में सिर हिलाया। साथ ही यह भी कहा कि मिस्टर रक्षित चौकीदार के लड़के पर सन्देह कर रहे हैं।

"चलिए लालमोहन बाबू! आपने कहा वह आदमी आपके बिस्तर पर बैठकर आपका बिस्तर गरम कर गया, आपके बक्से में क्या है एकबार देख लूँ। मिस्टर कुलकर्णी, हम चलते हैं। फिलहाल यह आपकी जिम्मेदारी में रहेगा।"

तौलिये में लिपटा यक्षिणी का मस्तक फेलूदा ने कुलकर्णी को दे दिया। उन्होंने उसे अपने ऑफिस की सन्दूक में रखकर ताला लगा दिया। फेलूदा ने कहा कि वह कुछ देर में आ रहे हैं।

हमारे कमरे में आकर दरवाजा बन्द कर फेलूदा ने मेरा व लालमोहन बाबू का सामान गौर से देखा। कपड़े-लत्ते के अलावा लालमोहन बाबू के बक्से में था एक होमियोपैथिक दवाओं का डिब्बा, अपराध विज्ञान के दो खंड, उनकी नोटबुक तथा बलूचिस्तान के ऊपर एक अँग्रेजी किताब। उनकी नोटबुक को फेलूदा ने काफी देर तक उलट-पलटकर क्यों देखा, मैं समझ नहीं सका। सबकुछ देख चुकने के बाद बोले, "अगर मेरा अन्दाजा सही है तो इस पार या उस पार जो होना है, आज ही हो जाएगा। और अगर ऐसा होता है, तो तुम दोनों को भी उसमें एक महत्त्वपूर्ण भूमिका लेनी होगी। हर वक्त याद रखना, मैं हूँ पीछे, डरने की कोई बात नहीं। मल्लिक की गिरफ्तारी की खबर किसी को मत देना, कमरे से बाहर मत जाना। वैसे भी शायद न निकल पाओ क्योंकि बारिश आनेवाली है।"

बात करते हुए फेलूदा ने खिड़की की तरफ मुँह किया था। अब देखा वह हौले-हौले खिड़की के पास जा खड़े हुए। मेरी निगाह भी गई उस तरफ। यह पश्चिम तरफ है। इधर कुछ दूरी पर घासवाली धरती में चन्द बड़े-बड़े पेड़ खड़े हैं। इनमें यूकेलिप्टस को मैं पहचानता हूँ। दूर पेड़ों के पीछे से एक आदमी को हमने निकलकर हमारी ओर बँगले के सामने की तरफ आते देखा। एक मिनट बाद ही आदमी हमारे भोजन कक्ष में घुसा। तदुपरान्त एक दरवाजे का ताला खुलने की आवाज, फिर दरवाजा भीतर से बन्द होने की आवाज सुनाई पड़ी।

दो बार सिर हिलाकर फेलूदा दबी आवाज में बोले, "ठीक है, ठीक है।"

आदमी कोई और नहीं, वे हमारे पड़ोसी थे मिस्टर रक्षित।

"वक्त-वक्त पर मुझसे निर्देश पाते रहोगे, बस उसी अनुसार करते रहना।"

ये आखिरी बातें कहकर फेलूदा कमरे से निकल गए।

हम दोनों कमरे में बैठे रहे। बाहर बादलों का गरजना सुनाई पड़ने लगा। शायद काले बादलों ने सूरज को ढक दिया है इसीलिए रोशनी कम हो गई है।

बैठे-बैठे अचानक एहसास हुआ कि मिस्टर रक्षित से ज्यादा रहस्यमय शायद और कोई भी नहीं क्योंकि उनके बारे में तो हम कुछ भी नहीं जानते।

और मल्लिक? मल्लिक के बारे में भी क्या सबकुछ जान गए हैं?

क्या जाने! अचानक लग रहा है कुछ भी नहीं जानता। ऐसा लग रहा है जिस अँधेरे में पहले था, अब भी उसी अँधेरे में हूँ।

10

बारह बजे के बाद से ही मूसलधार बारिश शुरू हो गई। साथ में बादलों की भीषण गर्जना भी। फेलूदा कह गए थे कि आज ही क्लाइमैक्स होगा तथा हमें भी उसमें एक भूमिका निभानी होगी। मेरे लिए सबकुछ ही अँधेरे में था और लालमोहन बाबू के लिए भी। लिहाजा हमारी सम्भावित भूमिका क्या होगी यह सोचकर कोई फायदा नहीं। मल्लिक गिरफ्तार, यक्षिणी सन्दूक में बन्द,

इसके बाद और क्या होना बाकी रह सकता है, सोच निकालना हमारे बस की बात नहीं।

एक बजे चौकीदार ने आकर कहा, खाना तैयार है। हम फेलूदा के बगैर ही खाने गए। वे निस्सन्देह गेस्ट हाउस के बावर्ची का बनाया खाना खा रहे होंगे। हम दोनों के मेज पर बैठने के कुछ मिनट बाद मिस्टर रक्षित भी आ पहुँचे। सुबह वे कुछ उखड़े हुए लगे थे, पर अभी उनका मिजाज काफी स्वाभाविक नजर आया। कहने लगे, "ऐसे मौसम में चाहिए खिचड़ी। बंगाल जैसी खिचड़ी क्या ये लोग कभी बना सकते हैं? साथ में ईलिश मछली तली हुई, अंडे का बड़ा, बैंगन भाजा...कोई बराबरी नहीं इनका। इलाहाबाद में भी मैंने बंगाल की आदतें नहीं छोड़ीं।" साफ जाहिर है कि सज्जन खाने के शौकीन हैं। लालमोहन बाबू भी अपने आकार के अनुपात से ज्यादा ही खा सकते हैं। पर यहाँ के कंकड़वाले चावल ने उनका मिजाज खराब कर रखा है। दाँतों तले पड़ते ही ऐसा चेहरा बनाते हैं मानो सिर पर गाज गिरी हो।

दाल खत्म कर ज्यों ही मीट को थाली में डाला, एक गाड़ी की आवाज सुनाई पड़ी। अगले ही पल एक कर्कश आवाज में सुनाई पड़ा—'चौकीदार'। चौकीदार तुरन्त छाता लेकर बाहर चला गया। मिस्टर रक्षित हाथवाले रोटी के टुकड़े में मीट का कौर बनाकर मुँह में डालते हुए बोले, "इस आपदा भरे मौसम में भी टूरिस्ट।"

सफेद मूँछ तथा फ्रेंच कट दाढ़ीवाले चश्मा धारण किए एक सज्जन बरसाती उतारते हुए कमरे में दाखिल हुए। पीछे-पीछे हाथ में मगरमच्छ के चमड़े से बना एक बाबा आदम के जमाने का सूटकेस उठाए हुए चौकीदार आया। सज्जन ने हिन्दी में ऐलान किया वे दोपहर का भोजन कर आए हैं। अतः उनके लिए कोई भी अतिरिक्त हंगामा करने की आवश्यकता नहीं। फिर हमारी तरफ मुखातिब हो बांग्ला में बोले, "सुना है, किसी को गिरफ्तार किया गया है?"

फेलूदा ने मना किया था, अत: हम दोनों बुद्धू बने बैठे रहे। रक्षित जरा अवाक हो पूछने लगे, "किसे? कब?"

"सम वैंडल। गुफा के भीतर से मूर्ति का मस्तक तोड़ रहा था—पकड़ा गया। इतनी दूर आकर पता चले कि गुफा में घुसने नहीं दे रहे, तो सब मटियामेट हो जाएगा। आप लोगों ने अब तक कुछ भी नहीं सुना?"

रक्षित ने कहा, "इस बँगले तक खबर नहीं पहुँची अभी।"

"खैर, पकड़ा गया, यही बड़ी बात है। यहाँ की पुलिस तत्पर है, यह मानना पड़ेगा।"

सज्जन अपने कमरे में जाकर भी काफी देर तक अपने-आप से बातें करते रहे। थोड़े विक्षिप्त-से लगे।

ढाई बजे के करीब बारिश थम गई।

तीन बजे के कुछ देर बाद पश्चिमवाली खिड़की से देखा, वही फ्रेंचकट दाढ़ीवाले दूर यूकेलिप्टस के पेड़ों की तरफ जा रहे हैं।

पाँच मिनट बाद देखा, वे लौट रहे हैं।

करीब साढ़े चार बजे जब कमरे में चाय आई, अचानक देखा, दरवाजे के सामने फर्श पर एक मुड़ा हुआ कागज का टुकड़ा पड़ा है। खोलकर देखा फेलूदा का सन्देश—

"शाम के सात बजे पन्द्रह नम्बर गुफा में जाना। दूसरी मंजिल पर दक्षिण पूर्व के कोने में इन्तजार करना।"

फेलूदा नेपथ्य से सबकुछ संचालित कर रहे हैं। यह भी एक नया अनुभव।

पहले कभी ऐसा नहीं हुआ।

बारिश फिर नहीं आई। साढ़े छह बजे जब बँगले से निकले तो देखा फ्रेंचकट व रक्षित, दोनों अपने कमरों में मौजूद क्योंकि दोनों कमरों में ही बत्तियाँ जल रही थीं। सड़क पर आकर लालमोहन बाबू ने आठेक बार

'दुर्गा-दुर्गा' का उच्चारण किया। अपने मन के भाव मैं लिखकर बयान नहीं कर सकता, अत: कोशिश भी नहीं करूँगा। दोनों हाथ ठंडे हो गए थे, सो उन्हें जेब में ठूँस लिया।

सात बजने में अभी दस मिनट शेष थे, तभी हम कैलास पहुँच गए। पश्चिम का आकाश अभी भी काफी आलोकित क्योंकि जून के महीने में साढ़े छह के बाद ही सूर्यास्त होता है, जिधर पहाड़ व गुफाएँ हैं, उधर जरा अँधेरा है, पर आकाश में बादल नहीं हैं।

हम कैलास से दाहिने मुड़ गए। अगली गुफा थी पन्द्रह नम्बर। दसावतार गुफा। खाई के ऊपर से इसी के सामने फेलूदा ने रोड़ी फेंकी थी।

गुफा के सामने कोई पहरा नहीं था। हम दोनों बढ़ गए। पहले एक विशाल चबूतरा था, उसके बीच में एक छोटा-सा मन्दिर था। आसपास देखने का वक्त नहीं था। अत: चबूतरा पार कर ढेर सारी सीढ़ियाँ चढ़कर अन्त में हम गुफा में दाखिल हो गए।

ये निचली मंजिल है पर हमें दूसरी मंजिल पर जाना है। साथ में टॉर्च है, पर अभी उसकी जरूरत नहीं पड़ी। उत्तर-पश्चिम कोने पर दूसरी मंजिल को जानेवाली सीढ़ियाँ हैं। कोई और आसपास है यह पता नहीं था, अत: बड़ी सावधानी से, बिना कोई आवाज किए हम ऊपर चढ़ने लगे।

ऊपर चढ़ने पर एक खुली जगह मिली। दीवारों पर देवी-देवताओं की मूर्तियाँ थीं। थोड़ा और चढ़ने पर हम तीनों तरफ से बन्द एक हॉलनुमा कक्ष में पहुँचे। नक्काशी किए हुए कतारबद्ध स्तम्भ इस कक्ष की छत को थामे खड़े हैं। उत्तर तथा दक्षिण की दीवारों पर अद्‌भुत पौराणिक दृश्य अंकित हैं।

फेलूदा के निर्देशानुसार हम दक्षिण-पूर्व वाले कोने की तरफ बढ़ गए। यह कोना रोशनी की पहुँच से दूर था, अत: टॉर्च जलानी ही पड़ी। शायद यहाँ कोई नहीं है, कम-से-कम शत्रु पक्ष का तो कोई भी नहीं, वरना फेलूदा हमें यहाँ आने को न कहते। इसी भरोसे पर हमने टॉर्च जलाई। स्तम्भ की दाहिनी ओर पीछे स्थित अँधेरा कोना दिखने लगा।

हम आगे बढ़ गए। नीचे से ऊपर आते वक्त हमने पैरों से सैंडल उतार लिए थे। पर अब देख रहे हैं पत्थर एकदम ठंडे हैं। निर्दिष्ट स्थान पर पहुँचकर हमने फिर सैंडल पहन लिए। तेरह सौ वर्ष पहले पहाड़ों को काटकर बनाई गई पौराणिक कथाओं से भरपूर इस गुफा में आज क्या घटने जा रहा है, इसकी किसी प्रकार की कोई भी कल्पना हम अभी तक नहीं कर पाए हैं।

कितनी देर इन्तजार करना पड़ेगा, नहीं जानता। एक ही जगह निरन्तर खड़े रहने से पाँव सूज जाएँगे, यह सोचकर हम दोनों गुफा के कोनेवाली दीवार पर पीठ टिकाकर बैठे ही थे कि किसी चीज को देखकर कलेजा मुँह को आ गया।

हमारे ठीक सामने करीब पाँच हाथ की दूरी पर एक स्तम्भ के पास हल्के अँधेरे में कोई चीज पड़ी थी। एक लाल रंग की चीज तथा उसके नीचे दबी चौकोर सफेद-सी कोई और चीज।

लालमोहन बाबू फुसफुसाए, "कोई कागज-जैसा लग रहा है।"

दोनों ने आगे बढ़कर जो देखा उससे दिमाग चकरघिन्नी की तरह कई बार घूम गया, और साथ ही रहस्य और भी अच्छी तरह उलझ गया।

नीचेवाली वस्तु तो निस्सन्देह कागज ही थी, तथा ऊपरवाली पेपरवेट थी—यक्षिणी का मस्तक!—जो आज सुबह ही मल्लिक के सूटकेस से निकलकर कुलकर्णी के सन्दूक में छिपी थी।

अँधेरा काफी गहरा गया था, सो कागज का सन्देशा पढ़ने के लिए फिर से टॉर्च जलानी पड़ी।

"यक्षिणी का मस्तक अपने पास रखिए। माँगने पर दे दीजिएगा।"

फेलूदा ने यह लालमोहन बाबू को उद्‌देश्य कर लिखा है। लालमोहन बाबू ने रुँधे गले से 'जय माँ तारा' कहकर सिर को दोनों हाथों से उठाया तथा बगल में दबाकर अपने स्थान पर आ गए। कागज को मैंने अपनी जेब में डाल लिया।

बाहर हल्की-सी चाँदनी फैली है। स्तम्भों की ओर से पश्चिम का आसमान नजर आ रहा है। उस आसमान का रंग अभी विचित्र-सा बैंगनी हो चला है।

क्रमश: वह रंग बदल गया। चाँद शायद पूरी तरह से उगा हुआ है। गुफा के भीतरवाला दमघोंटू अँधेरा अब नहीं था।

"आठ!" लालमोहन बाबू ने मानो बहुत देर से रोकी हुई साँस छोड़ते हुए कहा।

एक हल्की-सी आहट हुई। कोई सीढ़ियों से ऊपर आ रहा था। बहुत सतर्क धीमे-धीमे कदम चलते हुए। आवाज अब बदल गई। अब समतल फर्श पर चलने की आहट आ रही थी। अब दो स्तम्भों के बीच से कोई नजर आया। वह व्यक्ति रुक गया है—इधर-उधर देख रहा है। खच की आवाज के साथ एक लाइटर जला। एक सेकंड के लिए रोशनी हुई, पर इतना ही चेहरा पहचानने के लिए काफी था।

जयन्त मल्लिक !

फिर दिमाग चकरा गया। अब अगर मारे जा चुके शुभंकर बोस भी आ हाजिर होंगे तो हैरत नहीं होगी।

मल्लिक आगे बढ़े, पर हमारी तरफ नहीं। वह उत्तर-पूर्व की तरफ दूसरी तरफवाले कोने की ओर चले गए। उधर गहरा अँधेरा है। उधर जाकर वे अँधेरे में विलीन हो गए।

हमारा कंठ सूखकर काठ हुआ जा रहा है। मेरा मन चीख रहा है—फेलूदा कहाँ हैं?...फेलूदा कहाँ हैं?...फेलूदा कहाँ हैं?... लालमोहन बाबू ने अटैची-रहस्यवाली घटना के बाद कहा था जासूसी उपन्यास लिखना छोड़ देंगे क्योंकि कल्पित कहानियों से भी कहीं ज्यादा अविश्वसनीय और रोमांचकारी घटनाएँ हकीकत में घटती रहती हैं। अब इस यक्षिणी के सिरवाली घटना के बाद वह क्या कहेंगे, क्या पता!

चाँदनी बढ़ती जा रही है। कहीं दूर से कुत्ते के भौंकने की आवाज आई। फिर एक और भूँका। फिर थमथमाहट।...

फिर एक और आवाज।

कोई और व्यक्ति सीढ़ियाँ चढ़ रहा है।

अब वह फर्श पर चल रहा है। अब दो स्तम्भों के बीच से वह दिखा। पर पहचान नहीं पाए। वह आगे बढ़ा। हमारी तरफ आ रहा है। बेआवाज बढ़ा आ रहा है। एक-एक कदम बढ़ता हुआ।

अचानक आँखों के सामने चौंधिया देनेवाली रोशनी हुई। उसने टॉर्च जलाई। सिर्फ टॉर्च दिख रही है। इनसान नहीं। टॉर्च हमारे ऊपर डाली हुई। आगे बढ़ा। रुक गया। फिर एक परिचित आवाज सुनाई पड़ी—दबी हुई, पर एक-एक शब्द एकदम स्पष्ट—

"बौने होकर चाँद को छूने चले थे? ऐ, बच्चू? ऊपर से धमकी-भरे पत्र लिखना सीखा है?—'दसावतार गुफा में ठीक आठ बजे आइएगा... साथ में पाँच हजार रुपये भी...तो आपका जो खोया है वापस आपको

मिलेगा, वरना...कहाँ से सीखा यह सब, इतिहास के अध्यापक? कान में अब भी नहीं घुस रहा कुछ या अब भी बहरे बने हुए हो? कैसे उलझे तुम लोग इस सब में? नोटबुक में नोट कर रखा है—फॉकर फ्रेंडशिप क्रैश, भुवनेश्वर, यक्षिणी, कैलास का मन्दिर, हवाई जहाज का समय...। ऊपर से एक नाबालिग को क्यों रखा है साथ में? तुम्हारा अंगरक्षक है? मेरे दाहिने हाथ में क्या है, देख रहे हो?"

मिस्टर रक्षित। एक हाथ में पिस्तौल, दूसरे में टॉर्च।

लालमोहन बाबू दो बार 'मैं', 'मैं' कहकर चुप हो गए। रक्षित की भिंची हुई धमकी गुफा की दीवारों में गूँज उठी—

"बन्द करो 'मैं-मैं'! सामान कहाँ है?"

"यह रहा। आप ही के लिए..."

लालमोहन बाबू ने यक्षिणी का सिर रक्षित की तरफ बढ़ा दिया। पिस्तौलवाला हाथ स्थिर रखे, टॉर्चवाले हाथ से सिर को बगल में दबाते हुए तीखे स्वर में बोले, "यह कारोबार सबके बस का नहीं, समझे! जैसे छोटा मुँह बड़ी बात शोभा नहीं देती, वैसे ही छोटे सीने में बड़ी साध ठीक नहीं।"

अचानक मिस्टर रक्षित की बातें थम गईं। क्योंकि गुफा के भीतर कुछ आश्चर्यजनक घटने लगा—बाहर से धुएँ की एक लकीर अन्दर आकर चारों तरफ फैलने लगी तथा कुछ ही पलों में सारे काले-काले स्तम्भ धुएँ के उस जाल में उलझकर अदृश्य हो गए।

धुएँ के उस बवंडर से गमगमाती हुई फेलूदा की आवाज उभरी। पत्थर की तरह सर्द व कठोर आवाज—

"मिस्टर रक्षित, आपकी तरफ एक नहीं, एक जोड़ी पिस्तौलें तनी हुई हैं। अपनी पिस्तौल नीचे कर लीजिए।"

"क्या मामला है? इन सबका क्या मतलब?" मिस्टर रक्षित घबराकर चीख उठे।

"मतलब साफ है," फेलूदा बोले, "आपके जुर्मों की सजा देने आए

हैं हम। एक नहीं अनेक जुर्म। पहला जुर्म—हिन्दुस्तान की अमूल्य कला-सम्पदा का निर्ममता से ध्वंस करना; दूसरा जुर्म—इस कला-सम्पदा को धन के लालच में विदेशियों के हाथ बेचना; और तीसरा जुर्म—शुभंकर बोस की निर्ममता से हत्या करना।"

"झूठ! सब झूठ!" रक्षित चिल्लाने लगे, "शुभंकर बोस खाई के ऊपर से पाँव फिसलकर..."

"झूठ मैं नहीं बोल रहा, आप बोल रहे हैं। जिस लोहे की छड़ से आपने उन्हें मारा था, वह खून से सना छड़, खाई से पचास हाथ दूर नागफनी की एक झाड़ से बरामद हुआ है। अगर जिन्दा हालत में शुभंकर बोस खाई में गिरे होते तो चीखते; जबकि उस रात तैनात कैलास के पहरेदार ने कोई आवाज नहीं सुनी। इसके अलावा अपनी एक नीली कमीज आप बँगले के पूरब में पेड़ों के बीच छिपा आए थे। उसे मैंने जाकर बरामद किया। इस कमीज का एक हिस्सा जरा फटा हुआ है। मिलाकर अगर देखा जाए तो शुभंकर बोस के..."

मिस्टर रक्षित ने अचानक उछलकर धुएँ से निकल भागने की कोशिश की। पलक झपकते तीन लोगों ने उन्हें धर दबोचा। दाहिनी तरफ से मिस्टर मल्लिक की टॉर्च जल उठी, उस रोशनी में मैंने देखा, बगैर मेकअप के फेलूदा को, मिस्टर छोटे को, तथा एक और अनजान आदमी को, जिसने मिस्टर छोटे के आदेश पर रक्षित के हाथों में हथकड़ी डाल दी।

अब फेलूदा जयन्त मल्लिक की तरफ मुड़कर बोले, "मिस्टर मल्लिक, अब आपको एक काम करना पड़ेगा। वह जो पीछेवाली गुफा देख रहे हैं, उसके अन्दर देखिएगा, बाएँ कोने पर मिस्टर रक्षित की बरसाती पड़ी है। उसे ले आइए। आ तोपशे—इस धुंए में ज्यादा नहीं ठहरा जा सकता। चलिए लालमोहन बाबू!"

गेस्ट हाउस की डाइनिंग टेबल पर बैठकर डिनर खाते-खाते फेलूदा हमारे मन का धुंआ हटा रहे हैं, हम तीनों के अलावा उपस्थित हैं

मिस्टर मल्लिक, कुलकर्णी व छोटे। हिन्दी व अँग्रेजी में मिली-जुली बातचीत चल रही है। मैं उसका निहितार्थ अपने शब्दों में लिख रहा हूँ। फेलूदा बोले—

"सबसे पहले बता दूँ मिस्टर रक्षित का असली नाम है एल. चट्टराज। वे एक गिरोह या दल के सदस्य हैं, जिसका गढ़ है दिल्ली। इस गिरोह का मकसद है भारतवर्ष के सुन्दर मन्दिरों से मूर्तियाँ या उनके मस्तक चुराकर विदेशियों के हाथों बेचना। ऐसे गिरोह शायद और भी हों। फिलहाल इस एक गिरोह पर नकेल कसने का रास्ता हमने ढूँढ़ निकाला है। क्योंकि चट्टराज को बाध्य करके हमने इनके अड्डे तथा अन्य सदस्यों के नाम उगलवा लिए हैं। भुवनेश्वर की यक्षिणी का मस्तक चट्टराज ने ही चुराया था, चट्टराज ही उसे कोलकाता ले आया, सिल्वरस्टाइन को बेचा तथा हवाई जहाज क्रैश हो जाने पर चट्टराज ही सिदिकपुर जाकर पानू नामक लड़के से, दस रुपये देकर उसका उद्धार कर लाया। अन्तत: लुईसन का पीछा करते हुए उस मूर्ति समेत चट्टराज यहाँ एलोरा आ हाजिर हुए। यहाँ आने का उनका लक्ष्य था एक तीर से दो

निशाने। पहला, यक्षिणी का सिर लुईसन को बेचना तथा दूसरा, कैलास से कोई और तरोताजा मूर्ति या उसका मस्तक उड़ा ले जाना। हम जानते हैं इन दोनों में से उनका एक भी उद्देश्य सफल नहीं हुआ। लुईसन यक्षिणी को खरीदने पर राजी हो गए थे। पर सौदा होने से पहले ही मूर्ति इनके हाथ से निकल गई। नतीजतन चट्टराज को लुईसन की गालियाँ झेलनी पड़ीं तथा, नई मूर्तियाँ चुराने की योजनाओं पर उस रात पानी फिर गया। अचानक शुभंकर बोस के आविर्भाव से तथा उसके कुछ पल बाद ही दसावतार गुफा के सामने छोटी-सी रोड़ी के गिरने से।"

फेलूदा शायद साँस लेने के लिए थोड़ा रुके। मेरा सिर चकरा रहा था। बिना पूछे रह न सका—"और मिस्टर मल्लिक?"

फेलूदा अपनी पेशेवर हँसी हँसकर बोले, "मिस्टर मल्लिक का मामला बहुत ही सरल है। इतना ही सरल कि मैं भी शुरू में नहीं समझ पाया। मिस्टर मल्लिक चट्टराज का पीछा कर रहे थे।"

"क्यों?"

"जिस वजह से मैं मिस्टर मल्लिक का पीछा कर रहा था, बस वही। अर्थात वे भी मूर्ति के उद्धार में लगे थे। हालाँकि मेल का अन्त यहीं तक नहीं है। उनका और मेरा पेशा भी एक ही है। वे भी मेरी ही तरह प्राइवेट डिटेक्टिव हैं।"

मैंने आश्चर्यचकित हो मिस्टर मल्लिक की तरफ देखा। भले आदमी के होंठों पर हल्की मुस्कान। निगाहें फेलूदा पर टिकी।

फेलूदा बोलते रहे, "हमें फोन करके पता चला वे बम्बई की भार्गव एजेन्सी नामक प्राइवेट डिटेक्टिव कम्पनी से जुड़े हुए हैं। इस कम्पनी के मालिक एक बंगाली सज्जन हैं। उनका नाम है घोष। इनकी ही एक तहकीकात के सिलसिले में कुछ दिन हुए मिस्टर मल्लिक कोलकाता आए हुए थे। अपने किसी मित्र की गैरहाजिरी में क्वीन्स मैनसन में उसके फ्लैट में रहे, तथा उसकी गाड़ी भी इस्तेमाल की। ऐसी एजेन्सियाँ साधारणत: छोटे-मोटे अपराधों की छानबीन किया करती हैं। पर मिस्टर

मल्लिक इससे सन्तुष्ट नहीं थे। वह बतौर जासूस नाम कमाना चाह रहे थे। क्यों, है कि नहीं मिस्टर मल्लिक?"

मिस्टर मल्लिक ने कहा, "सही बात है। और अजीब तरीके से वह मौका भी हाथ आ गया। पूछताछ के सिलसिले में ही पिछले गुरुवार मैं गया था नागरमल के यहाँ। वहाँ मेरी उपस्थिति में ही एक अमेरिकी सज्जन ने नागरमल को एक मूर्ति का मस्तक दिखाया। हालाँकि कला विषयक कुछ जानकारी मुझे है। पर उस वक्त उस मूर्ति ने मेरी कोई जिज्ञासा नहीं जगाई। सिर्फ यह जान गया था कि उस गोरे का नाम था सिल्वरस्टाइन, और वह बहुत अमीर है। अगली सुबह अखबार में भुवनेश्वर के मन्दिर की खबर मैंने पढ़ी, और उसके आधे घंटे बाद ही रेडियो पर सुना कि सिदिकपुर के पास विमान दुर्घटना में सिल्वरस्टाइन की मौत हो गई। उसी क्षण मुझे लगा अगर मूर्ति का उद्धार कर पाया तो मेरा नाम होगा। उसी वक्त फोन पर यह बात मैंने अपने बॉस को बताई। वे राजी हो गए। कहा—'क्या हुआ, मुझे फोन पर बताना। और मैं काम पर लग गया। पर मेरी तकदीर खराब थी। मेरे सिदिकपुर पहुँचने से ठीक पाँच मिनट पहले कोई और सज्जन पहुँचकर गाँव के लड़कों से मूर्ति उड़ा ले गए। मेरी आँखों के सामने सबकुछ घट रहा था, पर मैं निरुपाय था। मैंने तय किया कि उस व्यक्ति का पीछा करूँगा। पर—"

"उस व्यक्ति की गाड़ी का रंग याद है?"—फेलूदा ने बीच में ही प्रश्न किया।

"याद मतलब। नीले रंग की फियेट कार। मैंने पीछा किया, पर वहाँ भी भाग्य ने साथ न दिया—बारासात के आसपास टायर पंक्चर हो गई, तथा उस समय दो व्यक्ति मेरे हाथ से निकल गए। पर तब तक मेरे सिर पर धुन सवार हो चुकी थी। मुझे यकीन था वह दुबारा बेचने की कोशिश जरूर करेगा। पहुँच गया ग्रैंड होटल। आखिरकार यक्षिणी के मस्तक को लिये वह आदमी दिखा। उसका पीछा कर रेल ऑफिस तक गया। उसकी देखादेखी औरंगाबाद का टिकट कटाया। उसके हाथ के बैग का

वजन देखकर मैं समझ गया था कि मूर्ति अभी बिकी नहीं है, अत: टिकट खरीदने के उपरान्त मैंने बम्बई अपने ऑफिस में सूचना दे दी।"

फेलूदा बोले, "जानता हूँ। आपने कहा था 'लड़की मायके आ पहुँची है।' बाप दरअसल चट्टराज है, आप नहीं थे, यह मैं तब नहीं समझ पाया।"

मल्लिक बोले, "यहाँ पहुँचने के वक्त से ही मैं मूर्ति हथियाने के फेरे में लग गया। हालाँकि मैं जानता था कि चोरी के माल के साथ अगर चोर को भी पकड़वा सकूँ तो अधिक नाम होगा, पर साहस नहीं हुआ। जो भी हो—कल रात मैं कैलास के पास जाकर छिपा रहा। जब मैंने देखा एक-एक कर सभी बँगलेवाले बाहर सैर पर निकले हैं, तब बँगले पर जाकर, जमादारवाले दरवाजे से घुस चट्टराज के कमरे से मैंने मूर्ति गायब कर दी।"

फेलूदा बोले, "आपके पीछे भी एक जासूस लगा हुआ है, क्या समझ पाए थे?"

"एकदम नहीं! और इसीलिए तो अचानक जब पकड़ा गया तो भौचक्का रह गया था!"

मिस्टर छोटे ठठाकर हँस पड़े। फेलूदा बोले, "जब मैंने देखा कि इतनी दूर जाकर भी आप मूर्ति लुईसन को नहीं थमा पाए, तभी मैं समझ गया था आप निर्दोष हैं। उसके पहले तक, आप जासूस हैं यह जानकर भी, आपके ऊपर से मेरा सन्देह पूरी तरह नहीं गया था।"

"पर आपने तो चट्टराज पर शक किया था, है न?" मिस्टर मल्लिक ने पूछा।

फेलूदा ने कहा, "हाँ, पर शुरुआत में बस वो एक खटका-जैसा था। पर जब मैंने देखा एक पुराने सूटकेस पर नया नाम लिखा हुआ है आर.एन. रक्षित, तभी सन्देह हुआ—नाम सही है न? फिर कल रात वह बरसाती पहनकर निकले थे यह बात मुझे लालमोहन बाबू ने बताई। पन्द्रह नम्बर गुफा में कोई घुसा है—यह शक होने पर ऊपर से एक

रोड़ी गुफा के सामने फेंकी, जिसके फलस्वरूप अँधेरे में आदमी भाग निकला। भीतर जाकर तलाश करके देखा तो पीछे की तरफ एक छोटी गुफा से निकला बरसाती तथा उसकी बड़ी-बड़ी जेबों से निकली एक हथौड़ी, एक छेनी और एक नाइलॉन की रस्सी। ये सारी चीजें मैं वहीं रख आया। समझ गया कि चट्टराज ही मूर्तिचोर है। उसी रात देखा कि चट्टराज अपने कमरे में पागलों की तरह कुछ ढूँढ़ रहा है। अगली सुबह सुना कि उसने बम्बई फोन किया—लड़की कुशल है। समझ गया मूर्ति आपके कब्जे में है। मुश्किल यह थी कि अगर मूर्ति यहाँ से निकल जाती, तो असली चोर को हम नहीं पकड़ पाते। इसीलिए आपको गिरफ्तार करना पड़ा।

"इधर शुभंकर बोस की आकस्मिक मौत हो गई। उनकी लाश देखने गए तो मुट्ठी से नीले कपड़े का टुकड़ा हाथ लगा। हालाँकि रात नीला शर्ट आपने पहना था, पर मेरा शक चट्टराज पर था। दरअसल मुझसे पहले चट्टराज लाश के पास पहुँचा था। नब्ज देखने के बहाने अपनी एक नीली कमीज का टुकड़ा उसने शुभंकर की मुट्ठी में घुसेड़ दिया—क्योंकि उनकी मौत के लिए किसी और को जिम्मेदार ठहराना जरूरी था। यद्यपि अपनी कमीज को बाद में बँगले के पश्चिमी तरफ पेड़ों से भरी एक सुनसान जगह में छुपा आया था, जो मैं जाकर उठा लाया।

"पर इतना सबकुछ करने के बाद भी उलझन यह थी कि चट्टराज को पकड़ा कैसे जाए। जब मैंने सुना कि किसी ने जाकर लालमोहन बाबू के कमरे में बक्सों की तलाशी ली है तो मुझे एक रास्ता नजर आया। निस्सन्देह वह व्यक्ति चट्टराज ही था क्योंकि उसी की मूल्यवान चीज खो गई थी, लालमोहन बाबू के बक्से में उनकी नोटबुक थी। तथा उसमें यक्षिणी का मस्तक, प्लेन क्रैश वगैरह का उल्लेख था। चट्टराज ने यह सब जरूर पढ़ा होगा—ऐसा अनुमान कर मैंने लालमोहन बाबू के हाथ की लिखावट की नकल कर जो चिट्ठी चट्टराज को लिखी उसके विषय में तो आप सब जानते ही हैं। इससे पहले उसे निश्चिन्त

करने के लिए मैंने चट्टराज पर यह जाहिर किया कि मूर्ति चोर पकड़ा गया है..."

"वह फ्रेंचकट दाढ़ी।" मैं और लालमोहन बाबू एक साथ चीख पड़े।

"हाँ," हँसते हुए फेलूदा बोले, "वह था मेरा दूसरा छद्मवेष। तुमलोगों के आसपास रहने की जरूरत आन पड़ी थी क्योंकि वह आदमी खतरनाक था। जो भी हो—चिट्ठीवाला चारा पूरी तरह खा गया। तथा उसके परिणामस्वरूप जो भी हुआ आपके सामने है। अब बस यह कहना शेष है कि हमने जो इस गिरोह को पकड़ा, इसके श्रेय के भागीदार भार्गव एजेन्सी के मिस्टर मल्लिक उपर्युक्त यश पाएँ, मैं जरूर ध्यान में रखूँगा, तथा मिस्टर छोटे की पदोन्नति हो ऐसी कामना करूँगा। मिस्टर कुलकर्णी का भी योगदान मामूली नहीं रहा, पर साहस के लिए अगर कोई मेडल दिया जाएगा तो उसके हकदार होंगे सिर्फ श्रीमान तपेश और श्रीलालमोहन गांगुली।"

तालियों का सिलसिला जब थमा तब हिचकिचाते हुए जटायु बोले, "मेरा बम इसका मतलब आपके किसी भी काम न आ सका?"

फेलूदा आँखें गोल करके बोले, "क्या कह रहे हैं जनाब—सारा धुँआ कहाँ से आया? वह कोई ऐसा-वैसा बम थोड़े ही था—एकदम तीन सौ छप्पन मेगाटन वाला खास मिलिटरी स्मोक बम!"

❑❑❑